講談社文庫

最果てアーケード

小川洋子

講談社

目次

最果てアーケード

衣装係さん

そこは世界で一番小さなアーケードだった。そもそもアーケードと名付けていいのかどうか、迷うほどであった。

入口はひっそりとして目立たず、そこから覗くと中は、目が慣れるまでしばらく時間がかかるくらいに薄暗い。通路は狭く、所々敷石が欠け、ほんの十数メートル先はもう行き止まりになっている。お揃いの細長い二階建ての作りになった店はどれも、一様に古びている。二階の雨戸が外れかけたり、ツバメの巣の残骸が壁に張り付いていたり、看板の字が半分消えたままになっていたりする。屋根にはめ込まれたステンドグラスは偽物で、すっかり煤《すす》け、どんなに天気のいい日でもぼんやりした光しか通さない。すぐ前の大通りを路面電車が走ると、一斉に店のガラス戸が震え、その一瞬だけにぎやかになった錯覚に陥るが、すぐにまた静けさが戻ってくる。もしかするとアーケードというより、誰にも気づかれないまま、何かの拍子にできた世界の窪み、と表現した方がいいのかもしれない。

私はそこで生まれた。父が大家だったのだ。私が十六歳の時、町の半分が焼ける大火事があり、近所の映画館にいた父は死んでしまった。

映画館も保健所も教会も青果市場もあたりは全部焼失したのに、なぜかアーケードだけは屋根のガラスが割れただけで焼け残った。二列に並んだ店舗兼住宅と、アーチ形の屋根の鉄枠は、ぽつんと取り残され、思いがけず生身を晒し、ひどく居心地が悪そうに見えた。しかし心配は無用だった。あっという間に町の再開発は進み、アーケードは真新しい建物に取り囲まれ、やがて窪みへと沈んでいった。ようやく本来あるべき場所に落ち着いた、とでもいうかのように、安堵して目を伏せた。屋根は再び偽ステンドグラスで覆われた。私はずっと変わらずそこに暮らしている。

アーケードの突き当たりに中庭がある。店の連なりと屋根が途切れた向こう、マンションや雑居ビルの壁に取り囲まれた空洞だ。庭と言っても、よく名前の分からないひょろひょろした木が二、三本、好き勝手に枝を広げているだけで、何の手入れもされていないのだが、アーケードの店主たちにとっては、太陽の光を直接浴びることのできる大事な休息の場所となっている。誰かがどこからともなく調達してきた壊れかけた椅子に腰掛け、昼休みにうたた寝をしたり、夏の夕暮れ時、冷たいものを飲みながら涼んだりする。どうせ小さなアーケードなのだから、店の中で番をしていようが中庭にいようが、たいして変わりはない。

飼い犬のべべと一緒に私も中庭で長い時間を過ごす。天気や昔の旅行や好きな歌手や遠い親戚や死んだ政治家について、店主たちとお喋りをする。話し相手がいない時は、ただひたすらべべを撫でている。撫でながらお客さんと店主たちのやり取りに耳を澄ませる。彼らの声は天井のガラスに反射し、こだまとなり、驚くほどくっきり中庭にまで届いてくる。

もっとも、お客さんの数はそう多くない。大通りを行き交う人々のほとんどは、そこにアーケードの入口があることさえ気づかず通り過ぎてゆく。ふと足を止め、覗き込む人が現れても、「もう、営業していないんだ」と勝手に決め付けて立ち去ってしまう。

「一体こんなもの、誰が買うの？」という品を扱う店ばかりが集まっているのだから、それも仕方がなかろうと、店主たちは潔く自覚している。店の間口はどこも、これ以上切り詰めようがないほどに狭い。天井は低く、奥行きは限られ、ショーウインドーは箱庭ほどのスペースしかない。そのささやかさに相応《ふさわ》しい品々が、ここでは取り扱われている。使用済みの絵葉書、義眼、徽章、発条《バネ》、玩具の楽器、人形専用の帽子、ドアノブ、化石……。どれもこれも窪みにはまったまま身動きが取れなくなり、じっと息を殺しているような品物たちばかりだ。

しかしそれでもやはり、お客さんはやって来る。それを必要としているのが、たとえたった一人だとしても、その一人がたどり着くまで品物たちは辛抱強く待ち続ける。

ある日、何の前ぶれもなく、誰かがアーチ形の入口に立つ。中庭から私は、薄暗がりの向こうに見えるシルエットに目を凝らし、心の中で「どうぞ、ご遠慮なく」とつぶやく。私にはそのシルエットが、本当にアーケードを必要としていて、長い彷徨《ほうこう》の末に行き着いた人なのか、あるいは単なる冷やかしなのか、区別がつく。私の声なき声を合図にして、誰かはそろそろと敷石を踏み、左右の店々に目をやり、やがてあらかじめ定められた場所へ吸い寄せられるようにして、一軒の店の前で立ち止まる。

「いらっしゃいませ」

あたりの静けさを決して破らない声で、店主は言う。

いらっしゃいませ。何ていい言葉だろうと私は思う。店主たちは皆、大げさな手振りや表情に頼らず、ただこの一言だけでお客さんをねぎらうことができる。はるかな道のりの果て、ようやく求めるべき品に巡り合えた彼らを、心から歓迎することができる。

「ねえ、ちょっと。あの棚の一束、見せてもらえる？」

アーケードの丁度真ん中あたりにあるレース屋から聞こえてくるのは、もう常連になって久しい老女の声だった。

「あっ、それじゃない。その隣。麻紐で十字に縛ってあるの」

脚立《きゃたつ》に乗って商品を抱え下ろす店主の姿が、ガラス戸に映って見えた。

「そう、それそれ。でも、何で縛ったままにしてあるの？　傷むじゃない」

実はついさっき郵送されてきたばかりの商品で、ちょうど荷解《にほど》きしようとしたところへお客様がいらっしゃったものですから……などともじもじしている店主の言い訳を最後まで聞かずに老女は、

「他のお客に売ろうとして、私の目の届かないところへ隠したんじゃないだろうね」

と言って一人で愉快そうに笑った。笑い声はステンドグラスのあちこちにぶつかり、弾けるようにして響き渡った。

「いいえ。そんな……とんでもありません」脚立を店の隅に片付けながら、店主は慌てて否定した。彼はアーケードの中でも最も無口で、気の弱い店主だった。

老女は昔、映画館の隣にあった劇場で長く衣装係をしていた女性だった。既に仕事は引退していたのだが、私たちは皆彼女のことを衣装係さんと呼んだ。劇場は火事のあとボウリング場になり、ヘルスセンターになり、画廊兼多目的サロンになって、とっくに跡形もなくなっていた。

最初から彼女は他の店には見向きもせず、ただ一筋、レース屋だけを目指してやって来た。初めて姿を現したのは、大雨の降る夕方で、普段にも増してお客さんが少なく、皆がぼつぼつ早仕舞いをはじめようかという頃だった。小柄な体には不釣合いな、黒々とした大きな傘を差し、両手にいくつも紙袋を提げて彼女は立っていた。傘の縁から流れ落ちる雨で、レインコートの肩も革のパンプスも紙袋もぐっしょりと濡れていた。

「ああ、ここだ、ここだ」

雨の雫《しずく》を振りまきながらレース屋の前で立ち止まり、彼女はよく通る活気のある声で言った。

「よかった、間に合って」

またたく間に敷石のへこみには、水溜りができた。

「いらっしゃいませ」

いつもどおりの口調で、店主は彼女を迎え入れた。

そこは使い古しのレースだけを扱う店だった。例えばショールやひざ掛けや飾り襟、あるいは総レースのイブニングドレスなど元々の形を残している商品もあったが、多くは端切れで、それらが格子に仕切られた棚と引き出しにびっしり陳列してあった。すっかり使い物にならなくなった衣服から、まだ息の残るレースだけを切り取り、救い出すのが店主の得意とするところだった。王族の娘が結婚式で被った、ほつれ一つない完全な形のベールよりも、むしろつましい少女が一枚だけ持っていたよそ行き用ブラウスの、襟を縁取る手編みのレースの方を、より店主は愛した。もちろん値段はベールの方が桁違いに高いのだが、もはやかつてどんな部分を飾っていたのか分からなくなってしまった、ほんの小さな一片のレースが売れて行く時に感じるいとおしさは、店主にとって特別なものだった。

「ごめんよ、こんなにびしょ濡れで」

衣装係さんはレインコートのポケットからくしゃくしゃに丸まったタオルを引っ張

り出し、雫が商品に飛び散らないよう用心しながら自分の体を拭いた。

「いいえ、どうぞお気になさらず。もしよろしければ、もっと奥へ」

店主は店の片隅にあるガスストーブに当たるよう勧めた。

彼はすぐに衣装係さんがレースに対し、自分と同じ気持を抱いていると気づいた。彼女はマネキンが着たドレスやショーウインドーに広げられたショールには興味を示さず、仕切りの中に収められた端切れをひたすらめくっていった。ニードルレース、ボビンレース、刺繡レース、かぎ針編みレース、機械レース、シルク、コットン、リンネル、ナイロン、白、生成《きな》り、ベージュ、真珠色……。数限りない種類のレースがあった。その前で衣装係さんは両足を踏ん張って立ち、背中を丸め、首を突き出すようにして一心に探索を続けた。ある瞬間、ふっと手を止め、一枚のレースを引っ張り出したかと思うとすぐに探索は再開された。

どんなレースが選ばれるのか、基準は単純ではなかった。黄ばみがまだらに残る、ほとんど台布巾《だいぶきん》のようになったのや、ほんの少しこすっただけで、ぼろぼろ粉が落ちてきそうな品が選ばれるのもしばしばだった。長年衣装係として布や糸に触り続けてきた指先が、レースたちのささやき声を丹念に聞き取っていた。彼女の邪魔にならないよう、店主は黙って奥に控えていた。

「やれやれ。ここまで歩いてきた甲斐があった」

おおかたの棚を見終わってから彼女は、人差し指でこめかみをぐるぐると押し、曲がった腰を伸ばした。カウンターの上に無造作に選び出されたレースたちは、不意に明かりの下に晒され、はにかむように寄り添い合っていた。

「これ、全部いただくわ」

衣装係さんは言った。

「はい、承知しました。ありがとうございます」

と、店主は頭を下げた。

雨がますますひどくなったのか、ステンドグラスを叩く音がアーケード中を覆っていた。にもかかわらず、雨音が激しくなればなるほど、レース屋に満ちる静けさは深くなっているようだった。

「かなりの量がございますから、ご希望の場所まで配達させていただきましょう」

すべてのレースを重ね、丁寧に包み終わったあと店主がそう言うと、衣装係さんは「えっ」と驚いた表情を浮かべた。

「この雨ですし、せっかくのレースが濡れてはいけません。ついでと言っては何ですが、よろしければその他のお荷物もご一緒に、お運びいたします」

彼女の足元でぐったりとしているいくつもの紙袋には、レース屋にたどり着く前、あちこち歩き回って手に入れた、洋服の生地やボタンやリボンが詰め込まれていた。

「ご遠慮なさる必要はございません。ここのアーケードにはちゃんと、配達専用の者がおりますから」

包み終わったばかりのレースを、店主はそっと撫でた。

「それはありがたい。助かるよ」

濡れた髪の毛が額に張り付いたまま、衣装係さんは微笑《ほほえ》んだ。


翌日は見事に晴れ渡った。中庭を覆う木々の葉一枚一枚に残る水滴が、きらきら光っていた。私は生地やボタンやリボンやもちろんレースが詰め込まれた荷物を抱え、衣装係さんの自宅へ向った。べべも一緒だった。濡れて破れた紙袋の代わりに、店主が全部綺麗に包み直してくれたおかげで、前日はくたびれた様子だった彼らもこざっぱりとまとまっていた。

「よく来てくれたね。ありがとう。さあ、上がってよ」

ただ配達に来ただけなのに、衣装係さんは随分歓迎してくれた。

「別に、急ぐ必要もないよ。まあ、ゆっくりしていって頂戴」

衣装係さんの家は路面電車の終点から用水路に沿って北へ十分ほど歩いた、古くからの住宅街にあった。質素な平屋建てで、玄関先にも庭にもびっしり、植木鉢やプランターや発泡スチロールの箱に植えられた植物が並べられていた。そのほとんどすべてが、枯れかけているか枯れ果てているかのどちらかだった。表札の隣には『舞台衣装研究所』の看板が掛けてあったが、植物たち同様に長年放置され、半ば朽ちていた。

「ありがとうございます」

私はベベを庭に放し、素直に衣装係さんに従った。

家の中はどこが居間でどこが寝室か分からないくらい、衣装で一杯だった。隙間なくハンガーの掛かった移動式のラックが並び、その隙間を埋めるようにマネキンが立っていた。どのマネキンも私から目をそらすかのように、天井を見つめたり、床に視線を落としたり、あるいは眼球を無くしたりしていた。

「狭くてすまないね」

ラックをかき分けながら衣装係さんは私を奥へと案内してくれた。レース屋に現れた時よりも更に小柄に見えた。どのマネキンより小さかった。

部屋は大量の布が発するどこか生温かいにおいに満ちあふれ、ガラス窓から差し込む光には、ふわふわと漂う綿埃《わたぼこり》が映っていた。庭に面したサンルーム風の空間にミシンがあり、ようやくそこが作業場なのだと分かった。

「はい、どうぞ。お買い上げの品物です」

私は持ってきた荷物をミシンの下に置いた。それらはすぐにあたりの衣装たちと馴《な》染《じ》み、裁断途中の生地や待ち針のついた型紙やスタイルブックやメジャーやチャコペンの間に紛れた。作業台をテーブル代わりにお茶を飲みながら、私たちはお喋りをした。

「ここにはお一人で?」

深緑色の濃いお茶を一口啜《すす》ってから、私は尋ねた。

「ああ」

衣装係さんはうなずいた。

「舞台衣装研究所所長であり、唯一の研究員兼雑用係」

「あのレース屋さんのことは、どうやってお知りになったんです?」

「行き当たりばったりだね」

素っ気なく彼女は答えた。

「私はね、新品の布地が苦手なの。だからああいう、使い古しの素材を扱う店を求めて、いつもさ迷ってるの」

「あれほどレースが揃ったところは、他にありません」

「本当にそう。どうして今まであそこに気づかなかったのか、不思議だわ」

ミシンに日光が当たっていた。よく使い込まれ、適度に油を含み、どっしりとしたミシンだった。ついさっきまで動いていたのか、エメラルドグリーンの絹糸が通してあった。

「新品は縫い辛いですか」

私は尋ねた。

「この私にかかれば、縫い辛い生地なんてないわよ」

衣装係さんは自慢げに言った。

「ただ、私が縫うのは舞台衣装で、洋品店で売るための商品じゃないからね。舞台に立つ人間たちが、皆新品を着てたら、やっぱりおかしいと思わないかい？」

あいまいに私はうなずいた。

「どんな芝居だって、登場人物たちは誰でもこの世の人じゃない。観客とは違う時間の中にいるんだ。舞台の上でだけ、役者の体を借りて見えているけど、幕が下りれば跡形もなく消え去る。そういう人物たちが着る洋服なんだよ、私が縫わなくちゃならないのは」

彼女は針山に刺さった無数の針の頭を指先でつついた。ぽっちゃりとして柔らかく、いかにも布に優しそうな手だった。よく見てみれば、色とりどりの無数の衣装の中にあって、彼女が身につけているのは黒一色の、何の飾りもないただのすとんとしたワンピースだった。すっかり着古して、肘のところが薄くなり、あちこちに糸くずがくっついていた。

「ちょっと、これ、見てご覧よ」

彼女は私が届けたばかりの包みの中から細長いレースの切れ端を取り出し、光に向って透かした。

「見事じゃないか。たぶん、カクテルドレスの胸元に縫い付けられていたレースだね。一針一針、手で編んである。そう高級な品じゃないけど、惚れ惚れするくらいの、丁寧な仕事ぶりだよ」

言われたとおり、私もレースの模様を見つめた。

「どことなく品があるね。けばけばしてないし、大仰《おおぎょう》すぎない。高級な品はお金さえ出せばいくらでも作れるけど、上品さをかもし出すのは難しいんだ。やっぱりこれを身につけていた人の体温の差なんだよ。トゲトゲした肌触りか、安らかなぬくもりか……。これを着てた人は、きっと可愛らしい人だったんだろうね。そんな手触りがする」

本気でその誰かをうらやむような口調で、彼女は言った。柔らかい指先が透かし模様の一つ一つをなぞっていた。

「やっぱり、そういう布地じゃないと、いい衣装は作れない。創作意欲だって湧いてこないよ。死んだ人の肌触りが感じられるような素材じゃないと……」

改めて部屋をよく観察してみると、開けっ放しの押入れからは、中に納まりきらないいくつもの紙袋がはみ出していた。まだまだ何着作っても大丈夫なほどの古い布地が、詰まっている様子だった。

「これ全部、ご自分でお作りになったんですか？」

あたりをぐるりと見回して、私は聞いた。

「そうよ」

衣装係さんはレースを畳んで作業台の上に置いた。

「劇場にお勤めされていた頃のものですか？」

「ううん」

お茶のお代わりを注いでから、彼女は首を横に振った。

「あの頃のは全部、焼けちゃったわ、火事で」

「そうですか……」

「ここにあるのは、仕事を辞めてからの作品ばかりよ。誰に頼まれたのでもない、自分で勝手にこしらえてるの」

「勝手に？」

思わず私は聞き返した。

「もちろん、お金にはならないし、かと言って趣味というほど生易しくもないし……。まあ、物好きだね」

ラックに掛かった衣装はどれも互いに密着し合い、シルエットも色も渾然一体となって見えた。マネキンたちはその一体となった塊の間、間に埋もれ、目立つのを嫌うように一様に身を潜めていた。髪の毛はもつれ、耳たぶは欠け、手足は奇妙な角度に折れ曲がっていた。せっかくの舞台衣装を着せてもらいながら、誇らしげにしているのは一体もなかった。

フリルがたっぷり段飾りになったビロードのガウンもあれば、胸に大きなエンブレムが刺繍された女学生の制服もあった。針金製のペチコートで膨らませた前時代的夜会服もあれば、汗染みだらけの野良着もあった。軍服、潜水服、ムームー、ネグリジェ、囚人服、喪服、頭巾、カチューシャ、チロリアンハット、襟巻き、ミトン、ゲートル……とにかく、ありとあらゆる衣装があった。
「だから……」

窓の向こうに目をそらせるようにして、衣装係さんは言った。

「ここにあるのは全部、一度も、誰にも着てもらったことがないの」

彼女の横顔は光に紛れて輪郭がぼんやりしていた。化粧気はなく、髪は無造作に短く切り揃えられ、唇は乾いてひび割れていた。このますうっと綿埃の中に吸い込まれてしまいそうなほど、頼りなげだった。

「あらっ。あそこに犬が」

今ようやく気づいたかのように、彼女はべべを指差した。べべはうつむき、何事かを思案する様子で、植木鉢の間をくんくんかぎ回っていた。

「私の犬です」

「犬にしては、随分、大人しいじゃない」

「はい。人見知りな犬なんです」

衣装係さんには目も向けないまま、相変わらずべべは植木鉢の点検にいそしんでいた。

以来、衣装係さんは二か月か三か月に一度、アーケードに姿を見せるようになった。いつも変わらず真っ黒のワンピースを身にまとい、満杯の紙袋を持て余しながら、小さな体でよろよろとレース屋のドアを開けた。店主をからかい、冗談を言い、笑い声を響かせたあと、時間をかけてレースを選び出した。そして毎回私が研究所まで配達した。

「じゃあ、よろしく頼んだよ。明日、何時でもいいからさ」

十分な買い物ができて満足した彼女は、中庭にいる私に向って合図を送り、店主に手を振ってアーケードを後にした。身軽になったはずなのに、足取りは危なげなままで、敷石を叩くヒールの音はギクシャクしていた。黒く小さな背中が大通りの向こうへ消えてゆくのを、私は中庭から見送った。

衣装係さんが帰ったあとは、他のどんなお客さんにもない濃密な余韻が、いつまでもアーケードの中を漂っていた。紙袋の擦れる音、笑い声、レースと指が触れる気配、ヒールの音、それらが全部一緒になって彼女の影の残像をステンドグラスに映し出していた。その影を踏まないようにしようとするかのごとく、店主は普段にも増してゆったりとレースを整え直した。あれほどたくさん彼女が買っていったにもかかわらず、レース店の棚は変わらず同じままのように見えた。

背中が遠ざかったあとも、私は中庭でずっと衣装係さんのことを思い浮かべていた。枯れた植木鉢と大量の衣装に取り囲まれた部屋で、彼女はたった一人、作業に励んでいる。彼女の心の中だけで上演されるお芝居のため、登場人物たちの衣装を縫っている。私が配達したばかりの包みから、一枚レースの端切れを取り出し、指先で撫でる。数えきれない布に触れてきた指先は、すぐさまそこに潜む、名前も顔も知らない誰かの声を聞き取ることができる。はるか遠くからやっと届いてくる微かなささやき声を、指輪一つしていない老いた手がすくい上げる。彼女は耳を澄ませ、その誰かを舞台でひとときよみがえらせるための衣装に思いを馳せる。ほどなくミシンに糸が通される。袖口に、胸元に、あるいはスカートの裾に、レースは縫いつけられてゆく。丸めた背中がミシンと一続きになり、区別がつかなくなっている。

一枚の舞台衣装が完成する。抜かりはないか隅々を点検し、埃を払い、全体を眺め終わると、一つ長い息を吐いてから、ラックのハンガーに掛ける。残りわずかのスペースにどうにか押し込める。すぐにそれは他の衣装たちの中に埋もれてゆく。こんなふうに衣装係さんは死者のための服を作り続ける。

窓の向こう、植木鉢のにおいをかぐのに飽きたべべが、すやすや眠っているのが見える。

「あの劇場に、私も一度だけ行ったことがあります。父と一緒に」

すっかり研究所に馴染んだ私は、いつしか自由に中を歩き回るようになっていた。

「そうかい」

納期があるわけでも、初日が迫っているわけでもないけれど、衣装係さんは作業場で製作に打ち込んでいた。

「ミュージカルでした。確か、メーテルリンクの『青い鳥』」

「ああ、よく覚えてるよ。あの衣装のほとんど全部、私が縫ったんだ」

彼女の声に重なって、布地に裁《た》ち鋏《ばさみ》を入れる、ジョリジョリという小気味のいい音が聞こえてきた。

「チルチルの靴がとっても可愛くて、あったかそうでした」

「剝製屋で手に入れた、子鹿の毛皮で作ったんだ」

「火の妖精が着ていたマントも忘れられません」

「あんた、目の付け所がいいね。あれはわざわざ森まで行って、トンビの羽を拾ってきて、赤く染めたのを縫い付けたのさ」

「太った幸福の精の、気色の悪い衣装は？」

「やっぱり気味が悪かったかい？　むっちり膨らんだ腸詰のソーセージみたいな衣装だったからね」

ミシンが鳴り、静かになり、また動き出した。衣装の隙間から、うつむいた背中が見えた。老眼鏡をずらし、的確な位置に一針を刺そうとして、目を凝らしているのが分かった。

家の中には、舞台衣装とそれを作るために必要なもの以外、ほとんど何も見当たらなかった。洗面台の毛羽立った歯ブラシ、ガスレンジに載ったままのアルミの片手鍋、冷蔵庫にマグネットで止められた税金の督促状……そんなものが目に付く程度で、あとはとにかくベッドもテレビも布類で覆われていた。

時折、私は気紛れに一枚、舞台衣装を自分の体に当ててみた。女優になった気分でポーズを取ってみたりもした。どれも細かいところまで丹念な仕事が為されていた。けれどどんなにぴったり体に寄せてみても、それらが主を失った抜け殻であるのに変わりはなかった。

その時ふと、作業場の片隅、カーテンの束の裏側に、一体マネキンが隠れているのに気づいた。

「あれ」

と思わず私は小さな声を漏らした。今までどうして気づかなかったのか不思議なくらい、そのマネキンが着ているのは他の衣装と雰囲気が違っていた。

「自分が作った衣装は全部覚えてるよ。どんな芝居の、どんな登場人物が身につけたか、一着残らずね」

私の声に気づかなかったのか、彼女はミシンを動かしながら喋り続けた。滑らかに、軽快に、ミシンは鳴っていた。

「観客はきっと、いくら衣装が素晴らしいと思ったとしても、それを誰が作ったかなんてことは気にも掛けない。そうだろう?」

マネキンを見つめたまま私は、うんとも、いいえともつかない返事をした。

「でも、それでいいんだ。舞台の上の人間が着ている衣装は、観客の手の届かない世界の誰かが作ったものでなくちゃ、本物じゃないよ」

マネキンが着ているのは下着だった。レースがふんだんに使われた、シルクのスリップだった。

「でも時々、手が届かないからこそ、手に入れたいと言い張るお客が現れて、困っちゃうんだ」

スリップはサイズが小さく、マネキンの両足はなまめかしくむき出しになっていた。しかし私の目に留まったのは、裾を縁取るレースだった。それは脇のあたりが半分ほどちぎられていた。

「毎晩楽屋口で、お目当ての女優を待ってる男がいたよ」

いつの間にかミシンの音は止み、衣装係さんは手に針を持ち、玉結びをこしらえようとしているところだった。レースは鋏で切り取られたのでも、糸を解いたのでもなく、明らかに無理矢理引きちぎられていた。その証拠にレースの端はびりびりに破れ、ほつれた糸がはみ出して、痛ましい様子になっていた。

「痩せて背の高い、目がおどおどした男だった。薬剤師だって名乗ってたけど、本当かどうか怪しいね。いつも大きすぎる背広を着て、ズボンの裾を引きずるようにして歩いてた。雨の日も風の日も、楽屋口でじっと待ってたよ。バラを一輪持ってね」

長い年月そこに飾られてきたからか、スリップはすっかり日に焼け、シルクの光沢は失われ、肩紐の金具は錆び付いていた。しかし何より失われたレースのせいで、調和を失い、狼狽し、ただ呆然と立ち尽くしているかのように見えた。

「でも意気地《いくじ》のない男だから、お目当ての女優が目の前を通っても、一輪のバラさえ手渡せないんだ。うつむいてもじもじするばかりさ。一日の公演で解《ほつ》れたり破れたりしたところを修理して、アイロンを掛けて、ようやく衣装係が劇場を出る頃にはもう、真夜中をとうに過ぎてた。それでもまだ男は月明かりの下に立ってたよ」

喋りつづけながらも彼女の手はとまっていなかった。アーケードで買ったレースを一枚広げ、皺をのばし、裏と表を確かめたあと待ち針で留めていった。

「それで私にバラをくれるのさ。女優にプレゼントできなかった代わりに、せめて衣装係だって構わない、と思ったんだろう。さんざん風に当たって、バラはしおれてた」

相変わらずマネキンは、レースを引きちぎられたスリップを着たまま、決して私と視線が合わない方向に目を伏せていた。その視線の先をたどると、いつの間に植木鉢の探索を中断したのか、ガラス窓の向こうで衣装係さんを見つめるべべの姿があった。べべも彼女の話に耳を傾けていた。

「毎晩、私はしおれたバラをプレゼントされた。男は私の手を握った。見た目にはそぐわない、あったかい手だったよ。針を動かし続けて疲れた手を休めるのには、ぴったりの大きさと温もりだった。もちろん分かってたよ。これはあの女優の肌に触れた衣装を縫った手なんだ、そう思って男はただうっとりしているだけだってね」

彼女はレースを舞台衣装の裾に縫いつけはじめた。柔らかい指先に埋まった針が、透かし模様を一つ一つすくい、しっかりと糸を通していった。レースをすり抜けてゆく糸の気配が、微かに伝わってきた。もはや私にではなく、レースに向って話し掛けているかのようだった。

「ある時、男に頼まれたんだ。女優の衣装の切れ端をこっそり持ってきてほしい。男の目はやっぱりおどおどしてた。私はバラを握ったまま、ただうつむいて男の足元を見つめていた。ああ、私だったらこのズボンの裾を上手に直してあげられるのに、って心の中で思ってた」

マネキンと衣装係さんの背中を私は交互に見やった。

「スカートの裏地、肩パッド、外れたボタン、ポケットの埃、汗の染み込んだストッキング、口紅のついたハンカチ……。望めば何でも持ち出せる。何と言ったって私は、衣装係なんだからね」

少しずつレースは逃げようもなく縫い付けられていった。

「次の日私は、自分の下着のレースを引きちぎって、男に渡した。女優が着てたレースだって嘘をついたんだ。いつか男と一夜を共に過ごす時が来たら身につけようと思って、大事に仕舞っておいた下着さ。男はそれに頬ずりして、女優のにおいをかごうとしてた。次の日からもう二度と、男は楽屋口に姿を見せなかった。その時の下着が、それだよ」

不意に彼女は振り向き、針の先をマネキンに向けた。マネキンはいっそう深く視線を落とし、それをべべが見守っていた。

「その次、男の消息を知ったのは、新聞だった。ナイフで女優に切りつけて、怪我をさせたんだ。ほとんど誰も気に留めない、ほんの数行の小さな記事だったよ」

再び衣装係さんは作業に戻った。べべが小さなあくびをした。

ミシンにもたれて息絶えている衣装係さんを見つけたのは、いつものようにレースを配達するため研究所を訪れた時だった。まるでミシンを抱きしめているような姿だった。作業台には、針がついたままの縫いかけの舞台衣装が取り残されていた。

その時私は、自分に課せられた一番の役割を忠実に果たした。あのスリップをアーケードに持ち帰ったのだ。マネキンから脱がされたそれは、はっとするほどに軽く、折り畳むと、片手に納まるくらいの小さな塊になった。

レース屋の店主は糸切りバサミで、丁寧にスリップからレースを切り離していった。私とベベはガスストーブに当たりながら、その仕事を見ていた。店主も私も何も喋らなかったけれど、糸切りバサミを操る手つきから、彼が衣装係さんの死を深く悼んでいるのが分かった。店主はレースを陳列棚の片隅にそっと並べた。それを必要としているお客さんが来るまで、私たちはいつまでも待った。

百科事典少女

アーケードにやって来るお客さんの中で、最も長い時間をそこで過ごしたのは、私が密かに〝紳士おじさん〟とあだ名をつけた男性だった。彼はすらりとした背格好にスーツがよく似合い、物腰が柔らかく、目元が理知的で、子供の私が思い描く紳士の雰囲気をすべて備えていた。ちなみに私の紳士像形成に大きな影響を与えたのは、孤児のジュディを陰から支え続けたお金持ちのあしながおじさんだった。

紳士おじさんが訪れるのは、アーケードの一番奥、中庭の西角にある読書休憩室と決まっていた。そこは買い物に疲れたお客さんが一休みしたり、連れの子供たちが暇を潰すための部屋で、百冊ほどの本と魔法瓶に入ったホットレモネードが用意され、アーケードのお店のレシートを見せれば誰でも好きなだけ利用できる仕組みになっていた。

その仕組みを考えたのは父だった。事務所兼倉庫兼住宅の、大して役に立っていなかった一階倉庫部分に手を加え、本棚を作り、娘の絵本を並べるところからスタートして少しずつ蔵書を増やしていった。私が十一歳の頃の話だ。

読書休憩室のあるアーケード。この発想に父は満足していた。もちろん私も大喜びだった。乱雑に段ボールが積み上げられた薄暗い倉庫よりも、本の並ぶ小部屋の方がずっとお洒落《しゃれ》で居心地がよかった。それに元々、二階に住んでいるのだから、私にとっては自分の本棚が充実するのと同じことなのだった。

誕生日とクリスマス、父は必ず本をプレゼントしてくれた。『小公女』『ニルスのふしぎな旅』『太陽の戦士』『グリム童話選』『青い鳥』そして『あしながおじさん』。リボンを解くと私はすぐにそれを読書休憩室の本棚に並べた。新しい本を一冊、棚の奥にすっと滑り込ませる感触が私は好きだった。それを読むのと同じくらいの、胸の高鳴りを覚えた。一冊分の厚みだけ自分の世界が広がったようで、なぜかしら誰にともなく自慢したい気分になった。

私が読書休憩室にいれば、父は安心していた。本さえ読んでいれば子供は安全である、という固い信念を持っていた。二人きりの生活の中で、幼い娘の安全をどう守るかは父にとって重要な問題だった。本のページをめくっている間、子供はふらふら出歩かず、じっと座っている。よって迷子になったり、車に轢かれたり、友だちと喧嘩をして泣かされたり、泣きすぎてひきつけを起こしたりする恐れがない。薄っぺらなページの中に隠れた人物たち、セーラやニルスやチルチルやミチルほど親身になって我が子を守ってくれる者は他にいない。そう信じていた。

父が仕事をしている間（大家というのがどういう仕事なのか私には分からず、店主たちと比べて父が働いているようにはとても見えなかったのだけれど）、私はずっと読書休憩室にいた。背もたれにチューリップの絵が描いてある塩化ビニールの椅子に腰掛け、一心に本を読んで過ごした。路面電車が走り過ぎてガラス戸がガタガタ鳴っても、レシートを持ったお客さんが入ってきても気にならなかった。それでも時折、顔を上げて、父の姿を探した。父は中庭のテーブルに書類を広げて何か難しそうな顔をしているか、どこかの店先で店主と談笑しているかした。その様子を確認すると再び私は、本の世界に戻った。

Rちゃんは唯一、レシートなしで読書休憩室に出入できるお客さんだった。厳密に言えばレシートを持っていないのだからお客ではないのだが、彼女にはそういう細かいことを気にさせない妙なふてぶてしさがあり、子供用ビニール椅子にその姿を認めても、アーケード中誰も注意を払う人はいなかった。当然な顔をして、大胆に、彼女はそこに座っていた。

けれど決して、私たちは友だちではなかった。学校の教室で彼女は無口だった。キャーキャー言ってふざけたり、女の子同士手をつないで廊下を歩いたり、交換日記をやり取りしたりするのが好きではないように見えた。いつでも堂々と、一人ぼっちでいた。私たちが遠足へ持ってゆくお菓子や、三つ編みを結わえる色つきゴムについて悩んでいる間、Rちゃんだけは一人、他の誰も思い及ばないような事柄、例えばイグアノドンの親指の形について、あるいは空気圧縮機の構造について、考えているかのようだった。

「どうしてあなた、嘘のお話ばかり読んでるの?」

だから読書休憩室でRちゃんから話し掛けられた時は、驚いて上手く返事ができなかった。

「どうしてって言われても……」

私の戸惑いになど頓着せず、彼女は『あしながおじさん』の表紙にちらりと目をやり、

「どうせハッピーエンドなんでしょう? あしながおじさんは若くて格好よくてお金

持ちで、そのうえ主人公の女の子にプロポーズするのよ」

と言った。

「えっ……」

更にRちゃんは畳み掛けてきた。

「こっちの女の子は先生の虐待に健気《けなげ》に耐えて、最終的にはダイヤモンド王の遺産をたっぷり相続するし、こっちの男の子は手に負えないいたずらっ子で小人にされちゃうけど、そのおかげでガチョウに乗れて、いつの間にやら利口な少年になってるの。それでこっちの……」

「駄目。それ以上は言わないで。まだ読んでないんだから」

慌てて私が制止すると、「ふうん」と言ってようやく口をつぐんだ。

放課後、家の鍵とハンカチとちり紙を入れた手提げ袋を持ち、ほとんど毎日Rちゃんはやって来た。手提げ袋には彼女の横顔に似た少女の姿がアップリケで縫い付けられていた。読書休憩室で彼女は、学校とは全く別人のようにお喋りで、お節介で、生き生きとしていた。そこにたどり着いて、ようやく自分が吸うべき空気をとらえ、思う存分呼吸しているかのように見えた。手提げ袋を椅子の背もたれに引っ掛け、両手が自由になるのと同時に、彼女の心も解放されるのだった。

父が廃材で作った丸テーブルを間にはさみ、私はチューリップ、Rちゃんはひまわりの模様の椅子に座って二人は日が暮れるまで一緒に過ごした。おやつを分け合って食べ、喉が渇けばホットレモネードを飲み、しまいには胸焼けしてくるのが常だった。お互い区切りのいいところまで来ると、登場人物の性格について議論したり、ストーリー展開を批判したり、次に読む本をアドバイスし合ったりした。驚くべきことにRちゃんは私が読む本のすべてを既に読破しており、どんな細かい場面でも、ついさっき読み終えたばかりなのかと思うほどに鮮明に記憶していた。そしてたいてい、私がうっとりする物語に限って、手厳しい言葉を浴びせた。

「ご都合主義」「甘ったるい」「軽薄」「気負いすぎ」。

Rちゃんは難しい言葉をたくさん知っていた。「ごつごうしゅぎ、って何?」と、私は尋ねなければならなかった。

どんなに親しく口をきくようになってからも、学校では知らん振りのままでいた。目配せさえ交わさなかった。そうしてお互い、読書休憩室での秘密を守るための約束を、暗黙のうちに了解し合った。学校で一度でもそのことを口にしたら、もう二度と読書休憩室には入れないのだ、と二人とも固く信じた。

私が〝嘘のお話〟を好むのに対し、Rちゃんが求めるのは〝本当のお話〟だった。

趣味が異なるおかげで本の取り合いにならずにすんだ。中でも彼女が最も愛したのは、百科事典だった。

それはいつかアーケードに現れたセールスマンから父が買った、十冊セットのカラー豪華本で、子供一人の力では本棚から取り出せないくらい重かった。とても高価だったのだが、百科事典を背負って歩き回り、疲れきって気弱になったセールスマンを父が気の毒に思い、無理をして月賦で購入したのだった。

Rちゃんは第1巻［あいう］の最初のページからスタートし、第2巻［えおか］、第3巻［きくけ］と順番に読んでいった。気紛れを起こして巻の順番を変えたり、つまらないページを飛ばしたりするような真似は決してしなかった。几帳面に、根気強く、一ページずつめくっていった。彼女に言わせれば、百科事典につまらないページなど一切存在しない、ということらしかった。

百科事典は丸テーブルの半分近くを占拠した。熱中してくるとRちゃんのお尻は少しずつ椅子から浮き上がり、それにつれて背もたれの手提げ袋はずり落ちていった。やがて片膝が椅子に載り、上半身はつんのめって百科事典を抱え込むような姿勢になった。どんどん両足が開いてパンツが見えるくらいになっても平気だった。私は彼女の邪魔にならないよう、テーブルの隅で大人しく『秘密の花園』や『幸福の王子』や

『クマのプーさん』を読んだ。

アゼルバイジャン共和国の資源や、液体窒素の用途や、山高帽子とシルクハットの違いや、ロマネスク様式の特徴や、学校伝染病の分類について読んだからといって、一体何が面白いのか、正直、私にはよく分からなかった。何が彼女をそこまでのめり込ませるのか、見当もつかなかった。確かに、途中に差し挟まれる写真やイラストの中には、興味深いものがないでもなかったが(例えばロマノフ王朝ニコライ2世の顔はハンサムで素敵だったし、精巣の解剖図は秘密めいて胸が高鳴るほどだった)、その他多くは小学生の女の子には無用の項目だった。

あれはどういうつもりだったのだろう。読書休憩室での過ごし方に変化をもたらすためなのか、ただ単なる気紛れからなのか、時折Rちゃんは声に出して百科事典を読むことがあった。読み聞かせる相手は私ではなく、まだ子犬のべべだった。犬に百科事典を読んでやるにはどういうやり方がいいか、彼女はよく心得ていた。べべが他の犬より多少お利口だとすれば、それはRちゃんのおかげかもしれない。

「アッピア街道 ローマから南イタリアに540kmにわたってのびる古代ローマの幹線道路。紀元前312年に、ローマの監察官アッピウスにより建設されたことからこの名がついた。主に軍用道路としてつかわれたが、ギリシャとの交易路としても大きな役割をはたした。沿道には史跡が多い。舗装の一部はのこっており、現在もつかわれている……」

べべはRちゃんの足の間に体を納め、お腹を全部床につけ、気持ちよさそうに目を閉じているが、耳だけはりりしく立てている。その項目を際立たせる特別な数字やエピソードが出てくると、耳の先端がぴくりと動く。べべはきちんと講義を聴いている。

私はRちゃんの声が好きだった。それは小ぬか雨のようにひっそりとして、落ち着きがあり、路面電車の音にも店主たちの「いらっしゃいませ」の声にも乱されず、ひたひたとアーケードの中を満たしてゆく。はるか遠くから旅してくるアッピア街道を心からいたわり、余分なものは何も加えず、ありのままの姿で導いてくる。いつしか私は自分の本を閉じ、彼女の声に聴き入っている。べべの耳は一段と研ぎ澄まされ、産毛の生えた内側の皮膚がうっすらと赤らんでいる。Rちゃんの声に包まれながら、私たちはアッピア街道をどこまでも歩いてゆく。石畳は固く、白っぽく磨り減り、馬車の車輪の跡が窪みになっている。あたりにはオリーブの林が続き、木々の間から、崩れかけた石造りの要塞や家畜小屋や水道橋がのぞいて見える。時折風が通り抜け、Rちゃんの手提げ袋と私の髪の毛を揺らす。べべははしゃいで走り回り、私たちを追い抜いては振り向き、後戻りしてはまた追い抜いて、ひとときもじっとしていられない。空は信じられないくらいに青い。初めて見る空のはずなのに、なぜか私たちは懐かしい気持ちに浸っている。街道はまだまだ遠くまで続いている。

「早く、全部読み終わりたいなあ」

心の底からそう願うように、Rちゃんは言った。

「まだまだ、先は長いね」

どっしりと本棚に並ぶ百科事典の背表紙に、私は視線を落とした。Rちゃんはまだようやく第4巻に差し掛かったところだった。

「ねえ、見て。第5巻は［し］。し、一文字で一つの巻全部だよ。凄いと思わない？」

「うん」

何が凄いのか自信が持てないまま、私はあいまいに返事をした。

「この世界では、し、ではじまる物事が一番多いの。し、が世界の多くの部分を背負ってるの。この、釣り針みたいな頼りない一文字が、実はひそかに一生懸命がんばってくれているんだよ。いいえ、自分は大して何の役にも立ってはおりません、みたいな顔をしてね」

労をねぎらうように、彼女は第5巻の背表紙の［し］を撫でた。

「でもね、だからと言って他の文字をないがしろにしているわけじゃないの。第10

巻。栄光の最終巻。［むめもやゆよらりるれろわん］。む、から、ん、まで全部で十三文字だよ。十三文字が仲良く手をつないで、十分の一の役目をしっかり担ってる。それが、し、と比べて劣る役目だとは、私は少しも思わないよ」

うん、そうだ、確かにそうだ、と私はうなずいた。べべも尻尾を揺らして床を一掃きし、同意を示した。

「ああ、最後の、ん、はどんなふうになってるんだろう」

Rちゃんはガラス戸の向こう、アーケードの偽ステンドグラスを突き抜け、アッピア街道を通り抜けたもっと遠くのどこかを見つめて言った。そこを見つめ続けていると、最後の、ん、が支える世界の欠片《かけら》が浮かび上がってくる、とでもいうかのようだった。私とべべは彼女の邪魔にならないよう、じっと大人しくしていた。


しかしRちゃんが百科事典の第10巻［ん］のページを開くことはなかった。厄介な内臓の病気に罹《かか》って、あっという間に死んでしまったからだ。

読書休憩室に取り残されたひまわりの椅子には、Rちゃんの重みが窪みになって残っていた。彼女の体温が残っていないかどうか確かめるために、時折私はその窪みに掌を当ててみた。ひまわりはいつまでも冷たいままだった。一方、本棚の中で十冊肩を寄せ合っている百科事典には、決して手を触れなかった。不思議なことにやって来るお客さんたちもまた、誰一人百科事典を開こうとしなかった。そこにそれが並んでいることにさえ、気づいていないかのように見えた。それはただ一人、Rちゃんのための本だった。

初めて紳士おじさんがアーケードに姿を見せたのは、Rちゃんの死から半年くらいたった頃のことだった。すぐにRちゃんのお父さんだと分かった。見覚えのあるあの手提げ袋を持っていたし、読書休憩室に入ってきてすぐ、たくさんの本の中から迷わず百科事典を手に取ったからだ。

紳士おじさんはお勤め帰りの夕暮れ時や休日の午後にやって来た。必ず手提げ袋も一緒だった。おじさんはそれをひまわりの椅子の背もたれに掛け、小さすぎるのも構わずそこに座り、第1巻から順番に百科事典を広げた。こっそり覗いて見ていたのではないかと思うくらい、Rちゃんのやり方と同じだった。

「どうぞ」

私は魔法瓶からホットレモネードを一杯注いで、丸テーブルの上に置いた。

「ありがとう」

と紳士おじさんは言った。遠慮してレモネードを飲まないところと、ちゃんとアーケードのレシートを持ってくるところだけ、Rちゃんとは違っていた。

「別に、無理にお買い物なさらなくてもいいんですよ」

私は言った。

「そう、堅苦しいルールじゃありません。レシートなんかなくても、自由にここへいらして下さっていいんです」

Rちゃんだってそうでした、という一言を私は声に出さずに呑み込んだ。

「いえ、無理をしているわけじゃありません。どうぞ、お気遣いなく」

と、紳士おじさんは言った。声の響き方がRちゃんによく似ていた。

おじさんは毎回、アーケードで何かしら小さな買い物をした。元々アーケードには大仰な商品を扱う店は少ないのだけれど、その中でもことさらに小さな品が選ばれた。絵葉書一枚、ピンブローチ一個、石英一欠け、ネジ一本。どれもこれも手提げ袋に入る大きさのものばかりだった。読書休憩室へ通うたび品物は増え、手提げ袋は少しずつふくらんでいった。

おじさんはただ単に百科事典を読むのではなかった。第1巻の、あ、からはじまって順番に一ページずつ、一字残らず全部、大学ノートに鉛筆で書き写していったのだ。

なぜそんなことをするのか、私は一度だけ父に尋ねたことがある。

「さあ、どうしてだろうねえ」

あいまいな口調で父は言った。しかしそこには、わけが分からないというニュアンスではなく、余計な口出しをせずに見守りたいという静かな理解が含まれていた。

「あの時、百科事典を買っておいて本当によかった」

そう、父はつぶやいた。

それは果てしのない作業だった。一日に数時間、来る日も来る日もただひたすら百科事典を書き写し続ける。小さい椅子に体を押し込め、背中を丸め、一字一句間違えないよう息を詰める。そこでは動物が駆け回り、歴史上の偉人がたたえられ、惑星が瞬き、工業機械が分解されている。同じページの中で、河童とカッパドキアと活版印刷が仲良く並び、椰子蟹とやじろべえとヤスパースがにらみ合っている。もちろん、アッピア街道も真っ直ぐにのびている。

次々と大学ノートが文字で埋まってゆき、鉛筆は短くなってゆく。背中が痛み、ノートは汗で湿り、目はかすんでくるが、紳士おじさんは投げ出さない。理由も考えないし、むきにもならない。この世界を形作っている物事を一個一個手に取り、じっくりと眺め、感触を確かめてからまた元の場所に戻す。それを延々と繰り返す。かつて娘が探索した道をたどり、わずかな気配でも残っていないかと目を凝らし、どんなに望んでも彼女が行き着けなかった道を、身代わりとなって踏みしめる。

ホットレモネードを一杯注いだあと、私は紳士おじさんの邪魔にならないよう、中庭から読書休憩室を見つめた。ただべべだけは違った。べべはどんなに近くにいても、何の差し障りにもならなかった。Rちゃんの時と同じようにべべは、おじさんの足元に寝そべり、時々尻尾で床を掃きながら、鉛筆の音に耳を澄ませていた。

紳士おじさんの横顔は天井の小さな明かりに包まれている。右手は休みなく動き続け、視線は百科事典とノートを規則正しく行き来し、左手はそっと新しいページをめくる。いつの間にかおじさんの体が椅子に合わせて縮んでいるような錯覚に私は陥る。やがてRちゃんの残像と重なり合い、二人はどちらがどちらか区別がつかない一つの影になって、百科事典を旅している。アッピア街道を一緒に歩いてゆく。

紳士おじさんの来訪は何年も何年も続いた。終わりは来ないのではないだろうか、と感じることもしばしばあった。それが不安のようでもあり、また一方で、永遠を願う気持ちもあった。しかし私の思いがどうであろうと、間違いなく百科事典は一ページずつめくられていった。［そ］［た］がいつしか［ち］［つ］になり、ある日不意に、第6巻が第7巻になった。

火事があった時、心配して翌朝一番にアーケードへやって来たのは紳士おじさんだった。

「大丈夫ですよ」

その姿を認めて、最初に私はそう言った。

「百科事典は大丈夫です」

割れた天井のステンドグラスがあたり一面を覆っている間も、紳士おじさんの読書休憩室通いは途切れなかった。父亡き後もその遺言を守るように、店主たちは皆黙って紳士おじさんの姿を見守った。

百科事典の歩みと比例して、手提げ袋の中身は充実していった。少女のアップリケは色落ちし、所々糸がほつれていた。外国の名刺、押し花、琥珀、豆電球、指貫《ゆびぬき》。まるでアーケードの中に散らばる世界の欠片たちを拾い集め、手提げの中にもう一つ百科事典を作ろうとしているかのようだった。衣装係さんのレースも、紳士おじさんが買った。あのレースの切れ端も、世界を形作るための一部分となった。

予想したことではあったが、その時は何の前ぶれもなく静かに訪れた。第1巻の一ページ、最初の一文字からスタートした時と全く同じように、第10巻の最後の項目が書き写された。Rちゃんが楽しみにしていた「ん」だった。

本当に終わりが来るなんて、と信じられない思いで立ち尽くす私の傍らで、紳士おじさんは全く普段と変わりなかった。拳を震わせるでもなく、嗚咽《おえつ》するでもなく、ただ鉛筆を置き、消しゴムのかすを払い、残っていたホットレモネードを飲み干しただけだった。そうして百科事典第10巻を閉じ、表紙を撫で、両腕に抱えて本棚に仕舞った。それでおしまいだった。

私とべべと店主たちはアーケードを遠ざかってゆく紳士おじさんの背中を見送った。その手元では、Rちゃんのいる世界を納めた手提げ袋が揺れていた。以来、二度と紳士おじさんが姿を見せることはなかった。

「ンゴマ　南アフリカ共和国の北東部にあるトランスバールの民族楽器。この地方に住むベンダ族が用いる大型の太鼓で、木でつくられたつぼの形の胴の上面に革がはられている。地面におき、1本のばちで革をたたいて音をだすが、ふつう奏者は女性である。合奏のときは、ミルンバとよばれる高音用の太鼓とともに用いられる」

兎夫人

夕方、西日が差し込んでくる頃になると、天井の偽ステンドグラスをすり抜けた光が、敷石の上にさまざまな色合いの模様を映し出す。丸とも楕円ともひし形とも言えないぼんやりした輪郭が、そこここで重なり合い、光の溜まりを作る。それらはどんなに風のない日でも、恥ずかしがるように、あるいはこちらにささやきかけてくるかのように、微かに震えている。その溜まりの中に、白い運動靴を浸して遊ぶのが私は好きだった。Rちゃんが死んだあと、ようやく見つけた新しい楽しみだった。

ステンドグラスは赤や黄や紫にくっきり分けられているのに、敷石に届くまでの間に色は薄まり、お互い親しく寄り添って、もはや何色でもなくなっていた。そっと足を滑らせると、履き古してくたくたになったゴムが透明な光に染まり、自分の持ち物ではない靴のようになった。

つま先が黄緑になったかと思うとすぐに薄紅色になり、甲は亜麻色から卵色へと移ろい、そうしている間に踵はパールホワイトに包まれる。私は足を出したり引っ込めたりする。新しい色が現れる瞬間を見逃さないよう、瞬きも我慢して目を凝らす。甲の真ん中、父が油性マジックで名前を書いてある、一段とゴムが弛んで波打っている三角の部分でさえ、光の中ではチャーミングな模様に見える。足と靴だけが、自分の手の届かない世界の境を踏み越えたようで、うれしくなる。傍らで子犬のべべが、私の邪魔にならない絶妙な場所に寝そべっている。

「境の向こうまで行ってみよう」

私はぴょんと跳ねて溜まりを飛び越える。光は事も無げに私をすり抜ける。

「晩ご飯できたぞ」

読書休憩室の二階から父の呼ぶ声が聞こえる。ご飯の言葉にべべの耳がピクリと動く。さあ、早くお帰り。宿題は済んだか？　また明日遊ぼう。店々の入口から店主たちが顔を覗かせ、合図を送っている。向こうまで飛び越えたはずなのに、やっぱり私は同じ場所に居る。いつの間にか足元はくたびれた元の運動靴に戻っている。

兎夫人が顔を見せるのは、一日のうちで西日が一番際立つ夕方と決まっていた。昼の名残と夜の気配の間を押し開くかのごとく、胸を張り、きっと前を見据え、ヒールの音を響かせながらやって来る。その靴音は光の溜まりを蹴散らすほどに気高い。

兎夫人は義眼屋の客だった。そこは剥製、昆虫の標本、彫刻や人形のための義眼を扱う店で、アーケードで一番若い青年が店主を務めていた。義眼は種類ごと、格子に区切られた木枠のケースに規則正しく並べられ、店の奥半分は素材のシリコンを加工したり彩色したりする工房になっていた。近くにある美術専門学校や剥製製作のアトリエが主な取引先の中、夫人のような個人客は珍しかった。

「ラビトの目を探しているの」

と夫人は言った。

「ここにはどんな目でも売っている、って聞いたんだけど」

「はい。人間以外のでしたら、たいてい……」

店主の返事を最後まで聞かないまま彼女は店内を見回し、最初に目に留まったらしいケースの蓋を開けてじろじろ眺めた。それは［両生類用各種］のケースだった。

「動物用ですか、それとも人形用でしょうか」

「ラビトは生き物よ」

そんなことは当然だという口ぶりの返答だった。

「ラビトなんだから兎に決まっているじゃないの」

「はい、おっしゃるとおりです」

店主は若いながらも業界では勉強熱心な努力家として知られていた。動物学者たちからの信頼も篤く、国立博物館に収蔵される剝製の多くは、この店の義眼を嵌めていた。

「ペットを剝製になさる方は、ままいらっしゃいます」

「そう？」

「はい。どちらのアトリエで製作中でしょうか」

「どちらのアトリエでもないわよ。ラビトはまだ生きているんだから」

次に夫人は［大型獣類各種］のケースを、更に［ドールアイ・プラスチックシリコン］のケースを開け、「ふうん……」とつぶやきながら一人うなずいた。

以来、兎夫人はラビトの目を探しにたびたびアーケードへやって来たが、緊急を要する買い物ではないせいか、心行くまで義眼を見学したあと店主を相手に小一時間お喋りをして帰ってゆく、ということの繰り返しで、なかなか目的の品物を手に入れるところまでは至らなかった。店主の方でも実物のラビトを知らないままでは、どんな義眼も勧めようがないのだった。

「一口に兎と言っても目の表情は一羽一羽違いますから」

「ええ、もちろん、これこそラビトだ、っていう義眼を作ってもらわなくちゃ困るの」

「特別注文も可能ですし、あるいは、既製品に多少手を加えて色のニュアンスを変えることもできます」

「へえ……」

「写真でもあればよろしいのですが」

「写真なんて無駄」

きっぱりと夫人は言った。

「ラビトの目の素晴らしさはとても写真なんかに写しきれるものじゃないの。そこには彼の全部、利発さも自由奔放さも率直さも朗らかさも、何もかもが詰まっていて、もはや何色なのかさえ言葉では表現できない結晶になっているのよ」

「兎が見たい。連れてきて」

丁度義眼屋の前で溜まり遊びをしていた私は、思わず声を上げた。

「駄目駄目」

夫人はちらりとこちらに視線を送り、二つも三つも指輪のはまった左手で私を追い払うかのような仕草を見せた。

「賢いラビトは、こういう場所には来たがりません」

夫人は義眼屋の入口から顔だけを突き出し、アーケードの天井を見上げた。光が彼女の横顔を覆い、その瞳の色を隠した。


お金持ちとはつまりこういう人のことを指すのだな、と私は兎夫人を見て思った。クラシカルな型のスーツ、金の留め金がついたハンドバッグ、真珠のブローチとネックレス、レースのハンカチ、香水、赤い口紅、大きな宝石の指輪と長く伸ばした爪。彼女の体には私が想像するお金持ちの要素がすべて揃っていた。

「両手をこうして丸めた中に、ぴったり納まる大きさなのよ。まるであらかじめ測って誂えたみたいに」

「耳はね、案外コンパクトにできてるの。私の人差し指くらいなものかしら。いくら兎だからって、やたらと大きな耳をしていないところがラビトらしいじゃない。自分はこれくらいの耳で十分です、っていう感じ」

「でも一番可愛いのは鼻と口。Yの字になって一続きになったそこをヒクヒクッ、ヒクヒクッと動かしている時のラビトは哲学者よ。考えているの。考えるべき何かについてね」

「前脚を二本揃えて座っている時の、お行儀の良さといったらないわ。悪意なんて一欠けらもない。善良さの塊よ」

「そう、肝心なのは目だった。これくらいよ。私の指で作れないくらいの小ささ。なのにどこまでも奥が深いから、とてもそれが小さいものだとは思えない。まるでラビト全部が目で出来上がっていると言ってもいいほどなの」

手や指を広げたり縮めたりしながら、今腕の中にそれを抱いているかのようにして、兎夫人はラビトについて喋った。時折、ラビトを撫でる仕草までした。掌はいかにも柔らかくか弱いものに触れている表情を見せた。

「ああ、そうですか。ふうん、なるほど」

店主はその掌の中にある見えないラビトに、辛抱強く視線を送っていた。

ラビトが自慢な分だけ、彼女はベベが嫌いだった。

「何。この、いかにも私を可愛がって欲しいと訴え掛けてくる目は。だから犬は油断がならないのよ」

眉間に皺を寄せて夫人はべべを見下ろした。ヒールの先でべべが踏みつけられるのではと私ははらはらした。

「あなた、いつもここに居るわね。盗み聞きしてるの？」

慌てて私は首を横に振った。義眼屋の前には一段と大きな光の溜まりができるからなのだ、と説明したかったが、上手く言葉が出てこなかった。仕方なく私はべべを抱き寄せた。

「剝製って、どうやって作るか、あなたご存知？」

不意にしゃがみ込んだ兎夫人が、私の耳に顔を寄せて言った。今にも耳たぶに赤い口紅が触れそうだった。

「まず毛についた血や体液をこすり落として、蚤取り粉を撒くの。で、お腹の真ん中を……」

彼女はべべを仰向けにし、ぷっくりと膨らんで毛が薄くなったお臍《へそ》のあたりに人差し指の爪をつき立て、顎の下まで一息に一直線を描いた。

「こうして引き裂くわけ」

べべは嫌がりもせず、されるがままになっていた。背中を敷石にこすり付けて、尻尾さえ振ろうとしているほどだった。近くで見ると夫人のマニキュアは剝げかけ、指はさかむけになってガサガサしていた。こんな手で撫でられて、ラビトは痛くないだろうかと少し心配になった。

「次に中身を取り出して……中身って分かる？　腸や心臓や生殖器のこと。そういうものは油断しているうちにすぐ腐っちゃうから、残念だけど全部捨てる。そうして内側をアルコールで消毒して、綿を詰める」

夫人の両手がベベのお腹の上でくねくねと動き、内臓をかき出したり詰め物をしたりする様を再現した。ベベはくすぐったそうにいっそう大きく腰を振り、舌を垂らした。

香水の匂いが鼻につんとして目の奥が痛かった。夫人の肘にぶら下がったハンドバッグは、金具のメッキが剝げ落ち、真珠のブローチは台が錆びて、その粉がスーツの襟元を汚していた。

「あっ、いけない。言い忘れるところだった」

立ち上がりかけた夫人は再びしゃがみ、ベベの顔をぐいっと上に向けた。ベベが小さく「クウン」と可愛い声を漏らした。

「一番腐りやすいのは目。何と言っても目。どんな動物でも目から腐ってゆくの。だから最初に両目をくり貫かなくちゃいけないのよ。忘れないで」

今度は本当に立ち上がり、スカートについたべべの毛を払って、「この犬なら安いガラス玉で十分ね」と独り言をつぶやいた。

「じゃあまた、近いうち、お邪魔するわ」

店主に向ける笑顔は優美だった。

「はい。お待ち申し上げております」

店主の声を背中に受けながら、兎夫人は去って行った。いつの間にかステンドグラスの向こうには闇が迫り、光の溜まりは消えていた。

義眼屋の店主は扱う商品に相応しい、完璧な目の持ち主だった。白目には一点の濁りもなく、黒目はどこまでも思慮深く、何の力も加えずにすっとナイフで切り込みを入れたような二重まぶたをしていた。店の奥で筆を握ったり、獣医学の専門雑誌を読んだりしている時、長い睫毛が目元に影を作って表情をより印象的にした。

彼はどんなお客さんに対しても、もちろん兎夫人にも、綺麗な目を真っ直ぐに向けて応対した。目を扱う商売なのだからそれが当然という態度で、相手の瞳を何より大事なものとして扱った。今にも両手を伸ばし、その瞳を掬い取ろうとしているのではないかしら、と時折私は思った。

唯一の例外は、婚約者さんだった。彼女の前でだけ、店主はいつも伏目がちだった。彼女はピンクのエプロンがよく似合う保母さんで、長い髪の毛を同じピンク色のゴムで一つに結わえていた。保育園の昼休み、お弁当を二つ持ってアーケードに現われ、店主と一緒に中庭で食べるのを習慣にしていた。

婚約者という言葉の響きが私は気に入っていた。恋人、ほど浮かれた感じがなく、奥さん、のように凡庸でもなく、どこか上品でロマンチックな雰囲気が感じられた。二人はおそろいのハンカチで包まれたお弁当箱を開き、静かな声でお喋りしながらロールサンドやポテトサラダやピクルスを食べた。

「婚約者さん」

私が声を掛けると、彼女は恥ずかしそうに微笑み、苺ジャムを塗ったロールサンドを一つ分けてくれた。

「いいかい、婚約者さんは名前じゃないんだ。本当の名前はね……」

そんな時でも店主は私の目をじっと見て説明してくれた。けれどあまりのジャムの美味しさに気を取られた私は、本当の名前を覚えられず、それからもずっと彼女を婚約者さんと呼び続けた。

兎夫人が何者なのか、アーケードの人は誰もよく知らなかった。汚職事件で失脚した政治家の愛人だった、と噂するお客さんは幾人かいたが、根拠はあいまいだった。とにかく、兎のラビトの飼い主、それ以外に彼女を言い表す言葉は見当たらないのだった。

日曜日、父と一緒に運動公園へ行った時、偶然、兎夫人を見かけた。乳母車を押し、日傘を差し、公園の一角で催されている収穫祭りを見物していた。スーツもハイヒールもハンドバッグも、義眼屋へ来るスタイルと同じだったのですぐに彼女だと分かった。

農家の人たちが野菜や乳製品や蜂蜜を売っているのを、一軒一軒ゆっくり覗いていた。時々立ち止まり、葡萄の房を持ち上げてみたりチーズの匂いをかいだりしつつも、何かを買う気配は見せなかった。その間ずっと日傘は乳母車に差し掛けられていた。

ラビトが乗っているに違いないと思った私は、知り合いに出くわして話し込んでいた。

る父から離れ、気づかれないようそっと乳母車に近寄った。ひどい混雑で大人たちをかき分けるのが大変だったが、いつべべのお腹に突き刺さるかと心配させられる見慣れたハイヒールのおかげで、彼女を見失うことはなかった。

ひどく古びた乳母車だった。カバーは染みだらけで手すりは歪み、そのうえ車輪が磨り減ってガタガタと耳障りな音を立てていた。こんなに上下に揺れてラビトは大丈夫だろうか。私は人ごみの間から乳母車を覗き込んだ。中には赤ちゃん用の布団が敷かれ、ガーゼやタオルが何枚も重なり合い、更にそれをおくるみが覆っていた。どれも乳母車同様にくたびれ、ごちゃごちゃと入り乱れ、丁度兎くらいの大きさの一塊になっていた。けれどラビトはいなかった。

乳母車が日陰になっているか、始終日傘の向きを気にしながら、夫人は人の波をものともせず、自分のペースで歩いた。ハンドバッグを揺らし、指輪を光らせ、レースのハンカチで汗を押さえた。一段と大きく乳母車が上下すると、心配そうに腰をかがめ、おくるみの乱れを直した。私以外、行き交う人は誰も、ラビトに目を向けようとはしなかった。兎夫人がどんな瞳の持ち主か、誰一人知ろうともしなかった。

販売コーナーが途切れたあたりで、不意に夫人は立ち止まった。ポプラ並木の木陰、簡易の柵で丸く囲われた中に、兎が放たれていた。こげ茶、黒、白、まだら、垂れ耳、長毛、胴長。さまざまな種類の兎たちが、穴を掘ったり萎《しお》れたキャベツの葉を齧《かじ》ったりしている中、小さな子供たちがはしゃいで飛び回っていた。乳母車の押し手をぎゅっと握り締め、夫人はただひたすら兎を見ていた。あるいは、もしかすると子供たちの方を見ていたのかもしれない。けれどその瞳は日傘の陰に隠れ、視線の先に何があるのかはよく分からなかった。

「……ねえ、ラビト……」

赤い唇がそう動いた。子供たちの歓声の隙間から、微かな声が聞こえてきた。ラビトをあやすように、夫人は優しく乳母車を前後に動かした。

その時、遠くで父の呼ぶ声がした。父には黙っておこう、と咄嗟《とっさ》に私は思った。なぜか理由は分からないが、ここで目撃した兎夫人については自分一人の秘密にしておくべきだ、と固く決心した。私はその決心を守り通した。

「兎の目が赤いって決め付けたのは、誰なのかしら」

すっかり通い慣れた義眼屋の、壁際の椅子に腰掛け、兎夫人は言った。

「眠らない動物と、言い伝えられてきたからかもしれません」

店主は答えた。作業台の上には作りかけの義眼がいくつか横たわっていた。開け放たれた入口の脇で、私はべべと一緒に座り込んでいた。

「そう、私もラビトが目をつぶっているのを見たことがないわ」

「誰にも気づかれないように、こっそり眠る動物なんです」

「どうしてそんなに遠慮深いのかしら。思う存分、好きなだけ目を閉じていいのよ」

夫人は膝の上の空洞を両手で撫でた。指先は毛の隙間に滑り込み、掌は背中から脇をゆったりと包んだ。宝石が当たらないよう、爪が刺さらないよう、細心の注意を払っているのが分かった。マニキュアはほとんど半分以上、剝げ落ちていた。

「あなた、今までにいくつくらい、義眼をお作りになった？」

「さあ、どうでしょう。数えたこともありませんが」

「数えてみて」

「そうですねえ。たぶん、六千から八千……いや、一万を越えているかもしれません」

「全部、死んでしまったものの目？」

「はい」

べべが大きなあくびをした。私たちの足元で普段にも増して光が細やかに揺らめいていた。

「死んだものの声は全部、目に閉じ込められるのかもしれないわね」

「はい」

夫人はうつむき、いっそう熱心にラビトを撫でた。

「だから皆、義眼を買いに来るのよ」

しばらく沈黙が流れた。その間もずっと店主は、彼女から視線をそらさずにいた。

「さあ、あなたも抱っこしてやって」

夫人は立ち上がり、両腕を店主の方に差し出した。彼はそれを受け取り、胸に抱き寄せ、じっと目を見つめた。幾千の目を見つめてきた店主には、少しも困難なことではなかった。

いつまでも瞬きもせず、一心にラビトの瞳だけを慈しむことができた。

「ありがとう」

と夫人は言った。

「あなたほど上手にラビトを抱っこできる人は、他にいなかった」

退屈したベベが鼻を鳴らしはじめた。夕日は少しずつ夜に飲み込まれようとしていた。

次に兎夫人が現われた時、義眼屋の入口には臨時休業の札がぶら下がっていた。店主と婚約者さんの結婚式の日だった。

そうしていればいつか店主が戻ってくると信じているかのように、夫人は長い時間、ウインドーの前に立ち、薄暗い店の中を覗いていた。額が触れるほどガラスに顔を近づけ、姿勢を正し、両足を踏ん張っていた。ハンドバッグが札にぶつかり、コツン、と小さな音がした。

奥の工房はきちんと整頓され、ゴミ一つ落ちていなかった。道具類は引き出しの中に仕舞われ、夫人がいつも腰掛ける椅子は隅の暗がりにひっそりと身を隠していた。義眼たちは各々、魚類用も猫科用も海獣用も、木像用もブロンズ彫刻用もビスクドール用も、木製ケースの、小さな四角の中に大人しく納まっていた。どれ一つとして、自らに与えられた場所をはみ出しているものはいなかった。柔らかなベルベットの布地の上に横たわり、本当に自分が納まるべき場所が定まるまで、声を失った死者が迎えに来てくれるまで、辛抱強く待っているのだった。

彼らは皆、兎夫人を見つめていた。瞳孔を絞り、虹彩を潤ませながら、ガラスに映る夫人の姿を見守っていた。

アーケードの人たちは誰も声を掛けず、彼女が好きなだけそこに立っていられるよう、無言のままで通した。べべでさえ、「クウ」の一言も漏らしはしなかった。

「さてと……」

ハンドバッグを持ち直し、夫人は言った。足元のべべに気づくと、剝製の話をした時と同じようにしゃがみ込み、仰向けにしてお腹をくすぐった。腰をくねらせて喜んだあと、べべはしきりに夫人の掌の匂いをかぎ、ペロリと一舐めした。

「あら、ラビトの匂いがした？」

そう言って夫人はいつものごとくヒールの音を響かせながら遠ざかっていった。

義眼屋のウインドーにはしばらく、白粉《おしろい》と口紅の跡が残ったままになっていた。

以来、兎夫人は一度も現われなかった。田舎に帰って結婚したらしい、愛人からの慰謝料で商売を始めたらしい、体を壊して療養しているらしい……とまたいくつか噂が立ったが、やがてそれらも忘れられていった。光の溜まりの向こうへ行ったのだろう、と私は一人、そう思っていた。

義眼屋は夫婦二人で地道に商売を続けた。婚約者さんの勤めていた保育園で兎が死んだ時、店主はそれをもらいうけ、剝製にしてウインドーに飾った。目には兎夫人の瞳を映した義眼が嵌められた。

ラビトというあだ名の男の子が、Rちゃんと同じ病院で、同じ頃死んだ、という話を紳士おじさんから聞いたのは、兎夫人が姿を消したあと、随分経った時分のことだった。

輪っか屋

〝輪っか屋〟はドーナツを専門に売っている。しかも種類はただ一つ。生地の目の詰まった、濃いきつね色のシンプルなドーナツ、それだけだ。チョコレートやアンゼリカなどの飾りは一切なく、シナモンやストロベリー味とも無縁。唯一の風味付けはほんの少しのバニラエッセンスのみで、粉砂糖のお化粧さえされていない。

食べ物を扱う店が他にない点と、お客さんの出入りが比較的多いという点からして、アーケードの中で〝輪っか屋〟は特異な雰囲気を放っているかもしれない。一日中、換気扇が回って賑やかだし、看板も色鮮やかで大きい。そこには元気のいい字で、「愛と情熱で揚げるドーナツ」と書かれている。ただし、決して儲かっているわけではない。ドーナツは子供のお駄賃で買えるくらいに安いうえ、空気の含まれていないみっちりとした食感のために、一個で十分お腹がふくれるのだ。

〝輪っか屋〟はアーケードの入口、電車通りを行き交う人々から一番近い場所に位置している。お得意さんは近所の総合スポーツセンターに通う少年少女たちだ。柔道、水泳、卓球、フェンシング、重量挙げ、バレーボール……。さまざまな競技に打ち込む彼らが、練習を終えた夕暮れ時、お腹を空かせて〝輪っか屋〟に現われ、路面電車が来るまでの短い時間に慌しくドーナツを買う。油取り紙に挟んだ揚げたてのそれを、待ちきれない様子でかじりながら停留所まで走ってゆく。

「ああ、今日もよく売れてる」

中庭で私は独り言をつぶやく。足元でべべがそろそろ散歩の時間では、とそわそわしている。

輪っか屋さんは働き者だ。もう四十年近く、同じ材料で同じドーナツばかりを作り続けているのに、いまだになお、ドーナツを揚げるのが好きでたまらない、という表情で店に立っている。粉の選別、生地のこね具合、打ち粉の振り加減、型の抜き方、油の温度調節、すべてにおいて熟練した技を身につけている。一連の作業が一筆書きのように流れてゆく。彼の手元の動きをなぞったら、一篇の詩が浮かび上がってくるのではないだろうか、と思ったりする。

私のいる中庭から彼の姿は見えるのに、なぜか少年少女たちの姿はぼんやりしている。彼らの輪郭は夕闇に包まれてにじみ、お喋りや笑い声は一瞬弾けたあと、電車通りの方へ吸い込まれてアーケードの中には響いてこない。きっとアーケードが風の通り道から外れているせいなのだろう。少年少女たちは〝輪っか屋〟の奥に続くアーケードにも、そこにいる私とべべにも気づかないまま、あっさりと遠ざかってしまう。


「大変、ご無沙汰いたしました」

秋の初めのある朝、十年ぶりに百科事典のセールスマンが姿を見せた。

「もっと早くに伺うつもりでしたが、何やかやと、もたもたしているうちに……」

セールスマンはハンカチで額の汗を拭い、読書休憩室の丸テーブルにリュックサックをどさりと置いた。

「ここは少しもお変わりない。お嬢ちゃんは立派な娘さんになられましたが」

前回セールスマンと会ったのは、Rちゃんが死んでしばらくした頃だった。しかし本当に変わっていないのは彼の方だった。痩せた体に不釣合いな大きすぎるリュックサックも、気弱そうな笑みも、埃を被って磨り減った革靴も私の記憶とぴったり重なった。

「いやあ、こんなに丁寧に使い込まれた百科事典と再会できるなんて、滅多にあることじゃありません。セールスマン冥利に尽きる、というものです」

早速、かつて自分が納めた百科事典を本棚から抜き取ると、彼はしみじみした口調で言った。

「はい。アーケードで一番大切にしている本です」

と、私は答えた。

「自分で売っておきながらこんなことを言うのも何ですが、正直、本棚の片隅で忘れ去られているのが大半なんです。ひどいのになると、ドアストッパーにされてる場合もあるくらいでして」

セールスマンは一息にレモネードを飲み干した。

「でも、こちらのは違う。一ページ一ページ、ちゃんと人の手と目が触れて、息がかかって、可愛がってもらった証拠が残っている。だから活字が柔らかい。一応私も百科事典セールス一筋の男ですから、それくらいは見抜けるんです」

彼の見立ては正しかった。もし百科事典がそのように変容しているとしたら、それはRちゃんのお父さんの手が為した働きだった。

彼はリュックサック一つに百科事典、ことわざ辞典、鉱物事典、歴史年表、法令総覧等々の見本とパンフレットを詰め込み、全国を回って売り歩くセールスマンだった。とにかく扱うのは重い本に限られていた。どんな重量にも耐えられるよう、リュックサックの生地は軍事用に開発された特別製で、それでも所々出てくる綻びは継ぎを当てて何重にも補修されていた。子供の頃は、どうしてこんなに痩せっぽちの人が、重たい事典を売る仕事をしているのか不思議だった。骨々しい肩に紐が食い込み、首の筋が浮き出し、苦しい息遣いの中、一歩を踏み出すのがやっとという姿を前にすると、それはほとんど苦行か拷問にしか見えなかった。しかし、お客さんの同情を誘うからなのか、営業成績は案外悪くない様子だった。あるいは最初からそういう作戦で、ダイエットに励んでいたのかもしれない。父もその作戦にまんまと引っ掛かった一人だった。

「つい最近、百科事典の改訂版が出たんです。項目も二十パーセント増えまして、より充実した内容になっております。いかがでしょう。前回のご購入から随分日にちが経ちましたし、お買い替えのご検討など……」

セールスマンはリュックサックの中から新しい百科事典を取り出そうとした。

「ごめんなさい」

それを制して私は言った。

「新しいものは必要ないんです。これで十分なんです。この百科事典じゃないと困るんです」

彼は手を止め、ついさっき本棚から取り出したばかりの百科事典に目を落とした。偶然にも「アッピア街道」の項が開かれていた。私はRちゃんと一緒にそこを旅したことを、久しぶりに思い出した。一字一字それを書き写していた、紳士おじさんの姿を胸によみがえらせた。

「そうですか……」

改訂版を見せる間もなく、案外あっさりと彼は引き下がった。私はレモネードのお代わりを注いだ。

「また何かご入用の折りには、是非ともよろしくお願いいたします。各種取り揃えて、いつでも参上いたしますので」

「はい、ありがとうございます」

アーケードは朝のいつもの穏やかさに包まれていた。店主たちは、ウインドーを磨いたり、レジにお釣りを入れたり、商品にはたきを掛けたりしていた。その中で〝輪っか屋〟だけは相変わらず忙しそうだった。まだ油に火は入っていない時間だが、既に換気扇は全開だった。耳を澄ませると、生地を混ぜる木べらの音が聞こえてきた。

「輪っか屋さん、お変わりございませんか」

ふと、セールスマンが尋ねた。

「何も変わりはありません」

「それは何よりです」

「これから涼しくなって、また一段と売れ行きが伸びる季節です」

「ええ、ようやく秋めいてきました。ところで、輪っか屋さん、まだ、お一人ですか？」

「はい。一人で、ドーナツを作り続けています」

「そうですか……」

彼は一度言葉を飲み込み、レモネードに口をつけた。

「実は、ちょっと……」

ようやく本題に入ったとでもいうような口調でそう言うと、セールスマンは〝輪っか屋〟の方角をじっと見つめた。

「気になる噂を耳にしたんです」

十年前、輪っか屋さんには結婚を約束した人がいた。五十を目前にしてようやく巡り合った恋人だった。相手は総合スポーツセンターの器械体操教室でコーチを務める、元オリンピック代表選手の女性で、もちろんドーナツを買いに来るお客さんとして知り合ったのだった。

実は密かに彼は、スポーツセンター関係のお客さんの中で、器械体操の選手に憧れを抱いていたらしい。彼女たちは皆一様に華奢《きゃしゃ》で、可憐で、ポニーテールに結った髪の毛が愛らしかった。しかも彼女たちは体重制限があるために滅多に店にやって来ない。その点が一層彼の憧れを募らせたのだ。しかしもちろん、体操選手たちに対する気持は、もし自分にこんな娘がいたとしたら、どんなに可愛いだろうか……という他愛ないものだった。そこにある日、コーチが現われた。

年齢は三十代後半で、経歴に相応しい華やかな顔つきをしていた。大きな目はくりくりとよく動き、きめの細かい肌はどこまでも白く、唇は魅惑的に潤んでいた。動きは洗練され、背骨は真っ直ぐに伸び、ドーナツを受け取る仕草でさえ優美に見えた。ただ一つ気になるのは、元体操選手にしてはややぽっちゃりしている点だった。あの柔らかくたっぷりとしたお尻で、跳馬に両手をついて飛び上がったり、平均台の上でターンしたり、段違い平行棒でくるくる回転したりする姿を想像するのは、ちょっと難しい気がした。しかし髪の毛には、選手時代の栄光がそのまま残っていた。それは完璧なポニーテールだった。

　コーチはしばしば店に現われるようになった。選手たちと顔を合わせるのが気恥ずかしいのか、練習が始まる前の時間帯のことが多かった。噂はたちまちアーケード中に広まった。元々、人の噂話に興じる店主たちではないのだが、その時ばかりは普段地味なアーケードには珍しい心浮き立つ予感に、皆も多少興奮していたのだろう。しかし、からかって面白がったり、余計な詮索をしたりはしなかった。中庭で休憩中、「有名な体操の選手だって聞いたよ」「うん。オリンピックのメダルも持ってるらしい」「今日も来るかなあ」「うん。このところ毎日だから」と、こっそり話題にするだけで、実際彼女が現われた時は、できるだけ邪魔にならないよう、皆さり気なさを装った。

　ただし十二歳の子供だった私には、さり気なさの加減が難しかった。元体操選手のそばまで行ってよく顔を見たいという誘惑に負けて、ベベを散歩に連れ出す振りをしながら、つい〝輪っか屋〟の前をうろうろしてしまうのだった。

「段違い平行棒って不思議な器具よね。体操競技以外の場所では何の役にも立たないの」

「平均台の平均って、何と何の平均だと思う？」

「どんな格好だってできるのよ、ワタシ。つま先で耳たぶが触れるし、組んだ腕で縄跳びもできるの。何なら、ドーナツの格好、してあげましょうか」

換気扇の音に負けない弾んだ声で彼女は喋った。輪っか屋さんは作業の手を止めることなく、ただうなずいたり微笑んだり照れたりするだけで、ほとんど喋らなかった。ドーナツの格好というのがどういうものなのか、私は是非とも見てみたいと思ったのだが、輪っか屋さんがぐずぐずしている間に話題はすぐ移り変わってしまった。

元体操選手は店の真正面に立ち、カウンターに肘をついて油の中を覗き込んだ。時に輪っか屋さんに手を伸ばし、ずれた前掛けを直した。お客さんがやって来ると脇にどき、半分お店の人になったかのように、「またいらしてね」と馴れ馴れしく声を掛けた。そのたびにポニーテールが軽やかに揺れた。

彼女の体の中で最も魅力的なのは間違いなくポニーテールだった。そこには一分の隙もなかった。一本残らずすべての髪の毛が黒い輪ゴムで一つにまとめられ、わずかな弛みもなく、どんな圧力にも解けない結束を見せていた。たっぷりとしたボリュームがあり、襟足で毛先だけが可愛らしくはねていた。忠実な下僕のように、ほんのわずかでも彼女が動けば、その仕草に付き従った。

元体操選手がそばにいると、普段にも増して輪っか屋さんはドーナツの製造に深く没頭しようとした。そうしようとすればするほど、完璧なはずの一連の動きに微かな乱れが生じた。もちろん味に影響はないのだが、型を左右四十度ずつ回転させる時のその角度や、菜ばしの先から滴り落ちる油の勢いや、レジからお釣りを取り出す手つきがどことなくぎこちなく見えた。私はそれを見逃さなかった。

「そろそろ行かなくちゃ」

と、彼女は言った。

「練習が始まるから」

輪っか屋さんは黙ってドーナツを一個差し出した。たった今揚がったばかりの、油取り紙に挟むとジュウッと音がしそうなドーナツだった。

「ありがとう」

彼女はそれを片手に持ち、平均台の上で回転するようにして向きを変え、大通りを駆けて行った。「愛と情熱で揚げるドーナツ」の看板に陽が当たり、きらきらきらめいていた。私はべべの鎖を握り、いつまでも揺れるポニーテールを見つめていた。

私は一度、べべを連れて彼女の後をつけたことがある。実際は散歩のスタートと彼女が〝輪っか屋〟を立ち去るのとが重なっただけで、最初から後をつけようと企んだわけではないのだが、気がつくとそういう形になっていた。

彼女はドーナツを食べながら、人込みの中をずんずんと歩いた。見失わないようにするためには小走りにならなければいけないほどで、べべは街路樹の根元をゆっくりクンクンする暇もなかった。揺れるポニーテールだけが目印だった。ドーナツはほんの三口ほどで、あっという間になくなった。

オリンピックに出るってどんな感じだろう、と私は思った。どこか遠い外国へ行くだけでも大変なのに、そのうえ平均台でバランスを取ったりマットで宙返りをしたりするのだ。当然ながらライバルたちは皆外国人だ。ポニーテールだって金髪や栗色や赤毛や、どれも信じられないような色をしている。それを見ただけで私など怖気づいてしまうに違いない。でも選手村は少し楽しそうな気がする。近代的で清潔で、食堂には美味しそうな料理がたっぷり用意されていて、好きなだけお腹一杯食べて構わない。そして素敵な選手と出会って胸をときめかせるのだ。どんな種目の選手がいいだろう。ボート、馬術、十種競技、高飛び込み、水球……。

「可愛い犬ね」

格好いい選手について思い巡らせている最中、突然、彼女が声を掛けてきた。ついさっきまで先を歩いていたはずなのに、気づくといつの間にか、彼女が目の前にいた。

「あなたのワンちゃん？」

「はい」

慌てて私は返事をした。

「輪っか屋さんとはご親戚か何か？」

べべを撫でながら彼女は尋ねた。犬の扱いに慣れた人だと分かった。しゃがむと余計、体のふくよかさが目立った。腰つきはどっしりとし、胸はブラウスの合わせ目からはみ出しそうになっていた。

「いいえ」

「赤の他人？」

「はい」

「ふうん。そうなの」

さっきまで根元の匂いを嗅ごうとして落ち着きのなかったべべは、すっかりリラックスし、首を伸ばして彼女の口元をぺろぺろなめた。前脚の肉球が彼女の胸に埋まっていた。

「あそこのドーナツ、美味しいわね」

「はい」

「あなたも好き？」

「はい、もちろん」

ひとしきりべべの全身を撫で回したあと、彼女は立ち上がり、洋服についた毛を払った。

「輪っか屋さんに犬の毛をつけちゃうと、商売の邪魔になるから」

そう言って、一本一本、神経質につまみ落とした。

「じゃあね」

元体操選手は笑顔で手を振り、総合スポーツセンターのある運動公園とは反対の方角に曲がった。やがてポニーテールは見えなくなった。

元体操選手が単なるお客さんではないのだ、と子供の私に分かったのは、ある夜二人がアーケードの中庭で、売り物の輪っかではなく、くり貫いた真ん中の丸いドーナツを食べているのを目撃したからだった。店名へのこだわりからか、一種類のドーナツに情熱を注ぐ職人魂からか、その丸い部分を輪っか屋さんは売らない主義にしていた。それを特別に揚げてもらえるのは、アーケードの住人たちだけと決まっていた。

大方の店が灯りを消した薄暗い中庭で、一日の仕事を終えた輪っか屋さんと、練習帰りの元体操選手が並んで腰掛け、一緒に丸いドーナツを食べていた。相変わらずお喋りしているのは彼女の方だけで、輪っか屋さんは無口なままだった。テーブルの上の、油取り紙に包まれたそれを、二人は順番に人差し指と親指でつまみ、口の中にポンと放り込んだ。あらかじめ打ち合わせしているかのように、テンポが上手く調和して、丸いドーナツは次々と二人の口に消えていった。時折彼女は油のついた指をなめながら、輪っか屋さんを見つめて微笑んだ。

百科事典のセールスマンが現われたのは丁度そんな頃だった。やはりRちゃんが亡くなったばかりで、百科事典を買い換えるつもりはなく、また新しい辞典類を購入する予算もなかったので、商談は五分もたたずに終った。そこから話題は自然と輪っか屋さんの結婚に移っていった。

「元オリンピックの選手ですか」

セールスマンもやはり、その点に興味をひかれた様子だった。

「何とまあ偶然にも、今、『オリンピック大名鑑』を持っているんです。つい最近、見本が完成しまして……」

彼はリュックサックの中から一段と重そうな一冊を取り出し、読書休憩室の丸テーブルに置いた。

「各オリンピックごと、名場面の写真と競技の結果、全代表選手の名簿付きです。我社の自信作で、本部からも特にこれを売るよう尻を叩かれているところなんです。さて、その方、競技は体操、で、お名前は何とおっしゃいます？　巻末の索引が充実していますからね、すぐに探せるはずです」

セールスマンは勝手にやる気を見せ、慣れた手つきでページをめくっていった。

「あっ、あった、あった。確かに十六年前、代表に選ばれていますよ。ほら」

私と父はそのページを覗き込んだ。選手の顔写真と略歴が規則正しくずらずらと並んでいた。セールスマンの指差す先、［体操女子］のところ、監督、コーチに続く代表選手たちの真ん中あたりに間違いなく彼女の名前があった。しばらく私と父は黙ってその写真を見つめた。

「違う」

我慢できずに最初に口を開いたのは私だった。

「この人じゃない」

「でも、十六年前だからなぁ」

父が言った。

「絶対違う」

私には自信があった。写真の女性はとにかく全体的に骨々しい感じで、柔らかみに欠けていた。目元はきりりとし、顎はとがり、首は細くて長かった。そのうえ唇の縁にほくろがあった。どんなに目を凝らしても、輪っか屋さんの彼女と似たところなど一つも見当たらなかった。

「現役時代より太るのは当然だ。それに写真写りによって随分違って見えるだろうし……」

あくまでも父は慎重だった。

「だって私、あの人をすぐそばで見たもの。べべを撫でてくれた時、すぐ目の前で。どう考えたって、別人だよ」

「いや、軽々しくそんなふうに決め付けちゃいけない」

まるで自分たちの会話が〝輪っか屋〟にまで届くのを心配するかのように、父は声をひそめた。アーケードには二、三人、お客さんの姿があった。輪っか屋さんはいつものとおり店先でドーナツを揚げていた。

「髪型は、同じじゃないか……?」

父はどうにかして共通点を発見しようと努めていた。しかし同じポニーテールでも写真の女性と彼女とでは全く別物だった。女性の髪は縮れてうねり、好き勝手な方向にはみ出し、いくつものピンでどうにかこうにか一つに束ねられている状態だった。

「あのう……」

遠慮がちにセールスマンが口を挟んだ。

「もしよろしかったら、この名鑑、しばらく置いておきましょうか」

しばらく考えてから父は、

「そうしてもらえますか」

と答えた。

「十年前の、あの元オリンピック選手とかいう女、しばらく刑務所に入っていたらしいんですが、つい最近、またこのあたりに出没しているようなんです」

二杯めのレモネードも飲み干してから、セールスマンは言った。

「〝輪っか屋〟さんに姿を見せてはいませんか？」

「いいえ」

私は首を横に振った。

「まあ、合わせる顔はないでしょうが、ああいうたちの人は、何を考えているか分かりませんからねえ。一応、用心のために耳に入れておいた方がいいかと思いまして」

「それはどうも、ありがとうございます」

私はお礼を言った。しかしそのあと、セールスマンも私もどうしていいのかよく分からず、ただ気まずく空になったコップに視線を落としつつ、一方では〝輪っか屋〟の方角に気を取られていた。そろそろ、生地の成型に入る頃合いだった。

「いやあ、私も、自分が余計なことをしたばかりに、騒ぎを大きくしてしまったのではと、長年気になっておりまして……」

「いいえ。おかげで早く嘘がはっきりして、よかったんです」

私たちは同時に顔を上げ、〝輪っか屋〟を見やった。

結局、『オリンピック大名鑑』事件のあと、父がどういう行動を取ったのかは、今でも分からない。無闇に子供が立ち入らないよう大人たちが配慮したのかもしれない。とにかく、ほどなくして元体操選手の彼女は結婚詐欺で警察に逮捕された。だました相手は十人近くにのぼり、前科もあるようだった。元伯爵家の一人娘で、没落した家を再興するための商売資金が必要、というのがだましの決まり文句で、全財産を貢いだ男性もいたらしい。

しかし不思議なことに元体操のオリンピック選手、という経歴が使われたのは輪っか屋さんに対してだけだった。そこからどういうストーリーを作ってお金を取ろうとしたのか、実際にどれほどのお金を取ったのか、すべては不明だったが、彼女が姿を消したあとも、輪っか屋さんの日常には何の変化も見られなかった。つまり毎日ドーナツを揚げる、ただそれだけだった。

一つ長い息を吐き出してから、セールスマンは再びリュックを背負い、「また近いうちに、参りましょう」と言って帰っていった。アーケードを出る時、輪っか屋さんに小さく会釈《えしゃく》をしたようだったが、二人の表情まではよく見えなかった。

セールスマンが仕入れてきた噂話は本当だった。ある日私はベベの散歩の途中、運動公園で彼女を見つけた。彼女は中央広場に面したベンチに腰掛け、ただぼんやりと夕焼けを眺めていた。広場の向こうに続く総合スポーツセンターの体育館やテニスコートや陸上競技場から、若者たちの声がぶつかり合い、重なり合いしながらあたりに響き渡っていた。気持のいい風が吹きぬけ、広場を囲むポプラ並木の梢が、さわさわと優しげな音を立てるのが聞こえた。

「ワンちゃんで分かったわ」

と彼女は言った。一度可愛がってもらった人の匂いを決して忘れないべべは、できるだけたくさん撫でてもらおうと、彼女の足元にぴったりと体を寄せ、お利口に伏せをした。

「私は髪の毛で……」

彼女は正確に十年分、老けていた。脂肪は更に厚みを増し、お尻はたるみ、目元の皺は隠しようがなかった。真っ直ぐ伸びていた背骨は猫背になり、瞳にはやつれた影が差していた。にもかかわらず髪の毛だけは、あの完全なポニーテールのままだった。ピン一本の助けさえ借りず一つの輪ゴムに納まる結束力も、思わず握ってみたくなるボリュームも、襟足でほんの少しだけはねるラインも、当時と少しも変わっていなかった。一本の白髪さえ見当たらなかった。平均台でターンすれば、きっと優美な曲線を描くだろうと思わせた。

「立派なワンちゃんになったわねえ」

私と視線を合わせるのを避けるかのように、彼女はべべを撫でた。頭から首元、背中、脇腹と丹念に隅々まで掌を滑らせた。

「お元気かしら。あの……」

彼女は手を止め、ポプラ並木の向こうに視線を上げてからつぶやいた。

「あの、わっ……」

「ドーナツの格好をして下さい」

彼女が輪っか屋さんの名前を口にするのを聞きたくなかった私は、咄嗟にそう口走った。

「ドーナツの格好を、して見せて下さい」

しばらく沈黙が流れた。べべでさえその沈黙を破らないよう、伏せを続けていた。その間もずっと、若者たちの声は私たちの頭上で渦巻いていた。

やがて彼女は無言で立ち上がり、靴を脱ぐと、芝生の上で姿勢を正して一つ深呼吸をした。両腕を耳の横にぴったりとつけて伸ばし、タイミングをはかるように一度右足を小さく前方へ振り出した。甲はしなり、爪先はその前方に続く見えない平均台のある一点を、真っ直ぐにとらえていた。どれぐらいそのままの姿勢でいたのだろう。わずかに風の向きが変わったかと思った瞬間、彼女は逆立ちをし、少しずつ背骨を後方にしならせてゆき、垂れたポニーテールにつま先が触れるぎりぎりのところで、ぴたりと静止した。

手首には血管が浮き出し、額には汗がにじんでいたが、体中どこにも危うげなところはなかった。指先からつま先まで、一続きの揺るぎない形を作り出していた。彼女は嘘をついていなかった。彼女の体は見事な輪っかを描いていた。

以来、彼女の姿は二度と見掛けなかった。今日も輪っか屋さんはドーナツを揚げている。総合スポーツセンターの少年少女たちが、毎日お腹を空かせてやって来る。いつの頃からか、試合の前日に〝輪っか屋〟のドーナツを食べると勝てる、というジンクスが広まり、お店は一層繁盛している。

紙店シスター

蝶が舞い込むように、ツバメが翔《かけ》るように、彼はアーケードに姿を現す。瑞々《みずみず》しい気配を振りまきながら、何のためらいもなく、ごく自然な足取りで敷石を踏みしめてゆく。瞳には物おじしない強い光が差し、手足は伸びやかに動き、靴音はどこまでも澄んだ響きを届かせる。店主たちは何をしていようと手を止め、その音に耳をそばだてる。そして彼が自分の店のお客さんだといいのに、と思う。蝶でもツバメでも自分の店先で羽を休めてくれれば、きっとそれは良い兆しに違いないと信じるのに似ている。彼は外の世界から何かとても新鮮で好ましいものを運んでくる。

やがて若者は〝紙店シスター〟の前で足を止める。

「いらっしゃいませ」

店主は誇らしげな表情を浮かべ、とびきりの声を上げる。他の店主たちは彼の後姿が戸口の向こうへ消えて見えなくなるまで、背中を見送っている。

〝紙店シスター〟はレターセットやカード類、万年筆、インクなどを扱う店で、レース屋の隣にあり、二軒の店主は姉と弟の間柄にあった。元々彼らの父親が経営していた雑貨店を二人で相続し、最初は一緒にやっていたものの、各々得意分野の仕入れに力を入れているうち、自然に布と紙、二つの店に分離したらしい。詳しいいきさつはよく分からないが、とにかく私が物心ついた頃にはもう、そこはレース屋と紙店になっていた。

二人は驚くほど似ていなかった。レース屋さんが気弱でほっそりしているのに対し、お姉さんは朗らかで屈託がなく、狭い店内を動くのに往生するくらい太っていた。弟のエネルギーをそのよく動く口で全部吸い取っているかのようだった。

「ねえ、弟がいるってどんな感じ？」

一人っ子の私は兄弟を持つことの意味がよく分からず、しばしばお姉さんにそう尋ねた。

「どんな感じって言われてもねえ」

しかし彼女にとっては、弟はことさら話題にすべき人物でもない様子だった。

「弟は弟だよ。それ以外に言い表しようがないね」

「可愛くて仕方ない気分？　それとも心配で心配でたまらない感じ？」

「そんな上等なものじゃないよ」

答えは素っ気なかった。

「可愛くて心配なのは、商品の方だね」

そう言ってお姉さんは、差し込んでくる光の加減に合わせて戸口の日除けをほんの少し下げた。〝紙店シスター〟ではたいてい日除けが下ろされ、ショーウインドーのガラスにも照明にも紙を傷めないための特別なものが使われていた。そのせいで店内はいつも秋のはじめ頃、夕暮れにはもう少し間がある時刻の日影に包まれているようだった。

「ああ、お隣さん、今日はまだ一人のお客さんも来てないようだねえ。全く困ったもんだ」

日除けの隙間からレース屋を覗いて、お姉さんは言った。売り上げを気に掛けるというより、のんびりした弟の尻を叩く、といった口振りだった。

「何事においてもあの子には、どうにかしよう、っていう気持がない。何だってどうにかなる、と思ってる。で、いつの間にか本当にどうにかなってしまうんだから、感心だよ」

「ふうん」

結局、弟とは何なのかはっきりしないまま、私はあいまいにうなずいた。

便箋、封筒、葉書、バースデーカード、サンクスカード、招待状……。店にはあらゆる種類の商品が揃っていた。どれもお姉さんが選びに選び抜いて仕入れた上等な品ばかりだった。紙の質が最高級なのはもちろんのこと、デザインは洗練され、余分な装飾や安直な流行とは無縁で、凜々しさと可憐さの両方を合わせ持っていた。

「自分にもしこんな手紙が届いたら、どんなにうれしいだろう」

〝紙店シスター〟の中にいると、思わずそうつぶやいてしまいそうになった。このカードに記された言葉なら、間違いなく幸福を運んでくれるに違いない、と思わせてくれる佇《たたず》まいがそこにはあった。

店の中でやや色合いを異にしていたのは、一番奥の片隅に置かれた小さな木製のボックスだった。中にはいつの時代かも分からないほどに古い絵葉書が詰まっていた。もちろんそれらも売り物だった。切手が貼られ、何かしら文章が綴られた使用済みの絵葉書で、絵柄はどこか遠い場所にあるらしい、海辺や高原、庭園、宮殿、洞窟などの風景が多かった。崖を急降下するロープウェーもあれば、雪深い山中のロッジもあった。あるいは、木馬にまたがって遊ぶ幼児や、嘴《くちばし》に包みを提げたコウノトリの絵もあった。紙は黄ばみ、印刷は薄れ、インクの文字はかすれて読み取りにくくなっていた。私の知らない言葉で書かれているものも少なくなかった。

「お姉さん、いい？」

私は両手を店主の前でパッと開いて見せ、絵葉書に触る許可をもらった。手が濡れていないか、溶けたチョコレートがついていないか点検したあと彼女は、

「はい、合格」

と言った。

絵葉書をめくっていると時間が経つのを忘れた。一枚手に取るだけで、誰が、どんな人のために、何を書き送ったのか、さまざまな想像がわき上がってきた。判読できる文字は限られていても、ただ美しい模様のようにしか見えない言語であっても関係なかった。字体、インクの色、宛名の地名、切手の図柄、葉書の傷み具合、あらゆることがこちらに何かを伝えてきた。見事な噴水と偉人の銅像を囲む広場からは、息子が母親に宛て、新しい町で自分がこの上もなく健康に過ごしている様を、裏表にわた

ってびっしり報告していた。かと思えば、湖に浮かぶボートからは、恋人に向かってたった一言、「さよなら」とだけ綴られていた。

絵葉書たちは私の手にある一瞬だけ目を覚まし、微かな光の中で浮かび上がり、ボックスに戻されるとすぐにまた、深い眠りの底に沈んでいった。

「不思議だ」

思わず私は言った。

「全部、誰かのために書かれた絵葉書なのに、どうして今、ここにあるのか……」

「一度、ポストに投函された便りを、紙くずにして燃やしてしまえるかい？」

封筒の包みを整え直しながらお姉さんは言った。

「たとえ差出人と受取人が、死んでしまったあとだとしてもね」

「うん」

私はうなずいて絵葉書を元に戻した。

いわゆるアンティークの業者と思われる客が、中身もよく見ないまま、束で買ってゆくのをお姉さんは好まなかった。宛名も文面も絵柄も異なるのだから、それを本当に求めるひともまたさまざまいるはずだと考え、郵便配達人のように、一枚一枚正しい番地へ届けようと努めていた。結局、死者より長生きした物たちの行く末を見守るという点で、お姉さんとレース屋さんは同じなのだった。

「あっ、お客さんだ」

その時、カタンと隣の戸口の開く音がした。

「あの常連さんは、いつも沢山買ってくれるのよね」

素っ気ない振りをしながら、お姉さんはいつでもレース屋さんのことを気に掛けていた。

彼女がどれくらい弟を心配しているか、私はよく知っていた。お店を閉めたあと、二階のキッチンでこしらえた夕食をせっせと隣へ運ぶ彼女の姿は、アーケードの中でも毎日の、定刻の風景になっていた。

「お鍋に入ったこれは、弱火で温めるんだよ。火が強いと焦げちゃうから。ドレッシングはよくかき混ぜてね。付け合せのブロッコリーもちゃんと食べること。油汚れの食器は他のと一緒に重ねちゃ嫌だよ。何度言っても守ってくれないんだから。あっ、それから……」

弟に向かって言いたいことが、お姉さんには延々といくらでもあった。レース屋さんはただ黙ってそれを聞くだけだった。

あんなにも体型が違うのに、二人が並んでいるととてもしっくりきた。ごく自然な感じで安定感があった。お姉さんの一部がレース屋さんでレース屋さんの一部がお姉さんであるかのように見えた。姉弟とはつまり、同じお母さんの子宮に納まっていたということかもしれない。私は自分なりにそう考えたりした。

若者はゆっくり吟味しながらカードと封筒を選んでゆく。カードの手触りを確かめ、模様に視線を落とし、時折、口元に優しげな笑みを見せる。送る相手を思い出し、相応しい品を選んでいるのが表情からうかがえる。彼の姿は店内の光と、紙がかもし出す静けさに上手く馴染んでいる。たくましくがっしりとした体つきなのに、狭い棚の間を動いても、少しも空気が乱されない。

お姉さんはカウンターの向こう側に立ち、眩しいものを前にしたかのような目で彼を見つめている。本当は話し掛けたくて仕方がないのを、懸命にこらえている。黙っていればいるだけ長く、彼はここにいてくれる、と信じている。

若者は何枚もカードを手に取る。お祝い用もあれば、お礼状用もある。シンプルなビジネス仕様もあれば、ロマンチックな模様もある。

「たくさん買ってくれるのは、善いお客さんだ」

いつかお姉さんがそう言っていたのを思い出す。儲けのことを言っているのではない。たくさんの便りを書く人は、それだけ大勢の友人、知人、親族を持っている。だからそのお客さんは恵まれた人生を歩む、善き人である。

すべての棚に目をやり、必要な枚数を揃え、デザインにも満足して若者はカウンターの前に立つ。

「よろしいですか？」

お姉さんは若者を見上げ、彼が選んだカードを綺麗に一つに重ねる。カウンターの上でトントンと小さな音がする。

「あっ」

その時、若者は声にならない声を漏らし、はっとしたような表情を浮かべ、片隅のボックスに気がつく。

「古い、絵葉書です」

とお姉さんが言う。若者はうなずいて、ボックスに手をのばす。

この世に絵葉書というものがあると初めて知ったのは、まだ学校に上がる前、五つか六つの頃だった。当時父と私は一か月に一回、母に会うため、遠い町にある療養施設へ通っていた。

「お母さんはリョーヨー中なんだ」

と父は説明してくれたが、私にはその一言がどうしても発音できなかった。事情を知らない人から、「ママは？」と尋ねられるといつも、

「お母さんはね、リーリーしてる」

と答えていた。相手は何のことか分からず困惑していたが、私はそれで十分満足だった。リーリーとは特別に選ばれた人しか参加できない、秘密めいたお遊戯のようなものだと思っていた。

そこはカーブの多い川沿いの道をバスでどこまでも北へ北へと走った、山間の小さな集落にあった。終点でバスを降り、段々畑の中の坂道を上りきると、不意に立派な門が現われる。巨大な蘇鉄を囲む車回しの向こうが、母の居る場所だった。古い鉄筋コンクリート造りの二階建てで、同じ形の窓がずらずらと並んでいた。

誰にも打ち明けなかったけれど、私はそこへ行くのがあまり好きではなかった。バスに酔っていつも気持が悪くなったし、トゲトゲした枝を目一杯に広げ、私の頭より大きくて不細工な実をつけた蘇鉄が、お化けのようで怖かったからだ。その実が自分

を直撃しないか心配で、父と手をつなぎ、しっかり目をつぶっていなければ玄関を通り抜けることができなかった。母に会えることよりも、車酔いと蘇鉄の方が私にとっては大きな問題だった。

母の部屋は二階の突き当たりにあった。細長い部屋の壁際にベッドが置かれ、あとは書き物机と、物入れと、消毒液の入った盥《たらい》で一杯になるくらい狭かった。すべてが定められた場所を守り、規律を乱すものは何もなく、床は隅々まで磨き上げられていた。小さな窓の向こうには段々畑の緑が広がっていた。蘇鉄が見えないのは何よりだ、夜の間、あのトゲトゲを伸ばしてお母さんに悪さをしたら大変だから、と私は思った。

そんなふうに心配する気持を持っていたにもかかわらず、母について私はほとんど何も覚えていない。かろうじて思い出せるのは、寝巻きの柄が七星天道《ななほしてんとう》だったのと、書き物机の片隅にコールドクリームの容器がぽつんと置かれていたことだけだった。

母はまず私を枕元に座らせ、「大きくなったわねえ」と言いながら頭を撫でた。それからもつれた髪をブラシで梳き、それを三つ編みに結ってくれた。

しかし、ほんの十分もしないうちに私は消毒液のにおいに耐えられなくなり、広々とした療養所を探検したくてうずうずしはじめた。

「お父さん、いい？」

自分なりに精一杯我慢したあと、私は父に尋ねた。

「危ないところへ行くんじゃないよ」

父の言葉を最後まで聞かないうちに、私は病室を飛び出していた。残念そうな寂しそうな微笑を浮かべていたかもしれない母のことを、振り返りもしなかった。


「おじいさんも、リーリー中？」

中庭の掃き掃除をしている雑用係さんに出会ったのは、一階の食堂と電話室と洗濯室を探検し、ロビーから外へ出てすぐのことだった。

「いいや、違う」

なぜかその人はリーリーという言葉を聞いても、困ったような様子は見せなかった。

「そう大きな違いではないが、うん、やはり、リーリー中ではない。掃除中だ」

足元はおぼつかなく、背中は心なしか湾曲し、作業着の上からでも痩せすぎて骨ばった体つきが見て取れた。声はかすれ、天然パーマの髪はくしゃくしゃにもつれ、目ばかりが目立つ皺だらけの顔はくすんでいた。しかし箒《ほうき》を握る手はしっかりとし、仕事ぶりは丁寧だった。中庭の落ち葉は一枚残らず四隅に掃き集められ、地面には箒の跡が美しい模様になって残り、花壇の花は規則正しい直線を描いていた。病室でも中庭でも、ここがすっきり清潔なのは、このおじいさんのおかげなのだなと、子供の私にも分かった。

「お掃除が終わったら何をするの？」

「いろいろだな」

「いろいろって？」

「ゴミを燃やしたり、シーツを洗濯屋に出したり、一四七号室の鍵を直したり……まあ、そんなところだ」

「大変？」

「いや、そうでもない。もう四十年近くやってる仕事だから」

「ずっとここで？」

「そう、ずっと、ここで」

「飽きない？」

「今のところ、大丈夫みたいだ」

「で、全部お仕事が済んだらお家に帰るの？」

「家は、ここの中にある。事務室の隣の宿直室に住んでるんだ」

「なんだ、じゃあおじいさんもやっぱり、リーリー中じゃないの」

落ち葉を袋に詰めたり、花壇に水を撒いたり、掃除道具を納屋にしまったりしている間中、私は雑用係さんについて回りながらあれこれと話し掛けた。おじいさんは迷惑そうにもせず、時には仕事の手を休めて答えてくれた。途中、患者さんが通りかかると脇によけて目礼した。

「あっ、そうだ。次の大事な仕事は郵便物の仕分けだった」

思い出したように雑用係さんは言った。

「一緒に来るかい？」

「うん」

迷わず私は答えた。

しかしすぐに後悔することになった。郵便受けは門のところにあり、そこへ行くためには蘇鉄の前を通らなければいけなかったからだ。私は再び目をつむり、雑用係さんに手を握ってもらった。ひんやりとして湿っぽく、思いがけず父よりも大きな手だった。手とは、人によってこんなにも違うものなのかと私は思った。

「さあ、目を開けて。何も怖くないよ」

促されて目を開けると、雑用係さんはあふれんばかりの郵便物を片手で器用に抱えていた。

宿直室の事務机で雑用係さんが郵便物を仕分けするのを、私は興味深く眺めた。少なくとも中庭の掃除よりはわくわくする作業だった。老眼鏡のせいか彼の表情も真剣に見えた。まず雑多に積み上がった郵便物が三種類の山に分けられ、そこから更に細分化が進んでいった。大きいの小さいの、白いの茶色いの、分厚いの薄っぺらなの、実にさまざまな形状の郵便物が揃っていた。そこには四十年にわたって築き上げられてきた確固たる様式があり、雑用係さんの手は迷いなく的確に動いた。宛名をちらっと見るだけですぐさまグループを察知し、机の定められた場所へ振り分けた。

「大きさ別に分けてるんじゃないの？」

「違うよ。大きさにはあまり意味はない。小さな葉書でも大事な便りだ」

「ふうん」

「大事なのは誰に届いたかだから、それを間違えないように分けている。お医者さん宛て、看護婦さん宛て、栄養士さん宛て、一階西病棟患者さん宛て、二階東病棟患者さん宛て、退院患者さん宛て……。もうここにはいないのに、知らずにこうしてまだ手紙が来るんだ」

その手紙を雑用係さんはことさら丁寧に机の左端片隅に置いた。机に線が引いてあるわけでもないのに、郵便物たちは縦三×横四で区切られた升目の中にきちんと納まっていった。何通も重なってボリュームのある山もあれば、一通だけの寂しげな升目もあった。

宿直室は母の病室と変わらないくらい狭く、備え付け家具の素っ気なさも窓の小ささも同じだった。四十年もここで暮らしている割には生活用品はあまり見当たらず、例えばお菓子の袋の食べ残しや、旅先でお土産に買った綺麗な置物や、家族の写真や、そういう子供の目をひくようなものは何もなかった。その中で唯一目立っていたのは、ハンガーで壁に吊るされた、今洗濯屋さんから戻ってきたばかりという感じの作業着の替えだった。パリッと気持ちよく糊のきいたその作業着だけが、殺風景な部屋にわずかな精気を放っていた。

「ねえ、おじいさん、子供は?」

「いない」

「奥さんは?」

「いない」

「お父さんとお母さんは?」

「死んだ」

「ふうん」

このあたりの返答は実にあっさりしていたが、不愉快な表情ではなく、ただいっそう集中して郵便の仕分けに取り組む、という様子だった。

郵便とは随分大事なものであるらしいと、雑用係さんの手つきを見て私は察した。封書でも葉書でも、彼はその両端を指先で持ち、決して文字に触れようとはせず、山に載せる時にも余計な力を入れなかった。視線を向けるのは宛名だけで、興味本位に差出人を確かめたり、じろじろ文面を眺めたりするようなことはなく、すべての郵便物を平等に扱った。

「さてと」

いつしか事務机には、郵便物によって形成された建築物が完成していた。

「おじいさんに届いた便りはないの？」

私は尋ねた。雑用係さんは一つ咳払いをし、ずれ落ちそうな老眼鏡を持ち上げ、最後に一枚残った絵葉書を私の前に差し出した。

「ここにある」

「ああ、よかった。だっておじいさんに一枚も便りがなかったら、かわいそうだもの」

「心配してくれて、ありがとうよ」

雑用係さんは言った。

「お手紙ありがとうございます。お元気そうで安心しました。小包で手袋と（ようやく昨夜《ゆうべ》編み上がりました）、あなたの好物いくつか（お砂糖の入ったココアの缶詰、薄荷《はっか》のチョコレート、もしデパートにあればオリーブの酢漬けも）、見繕って送ります。寒くなってきました。どうぞお体をお大事に。そのことばかりお祈りしています。」

雑用係さんは私のために文面を読み上げてくれた。それはお姉さんからの絵葉書だった。おめかしをした、私くらいの年頃の幼い姉と弟が、子供部屋で遊んでいる絵が描かれていた。そこにはラッパや着せ替え人形や積み木やオルゴールや、楽しそうな玩具が何でも揃っていた。

「私もこんな優しいお姉さんがほしい」

ココアとチョコレートの記述に心を奪われた私がそう言うと、雑用係さんは恥ずかしそうに微笑んだ。

「ほら、こんなにあるんだ」

事務机の引き出しを開けると、そこには同じような絵葉書がびっしり、あふれるほどに詰まっていた。一枚残らずお姉さんからの便りだった。四十年間の時間の積み重ねが、その引き出しにだけこっそり隠されているかのようだった。

でもそれは全部、雑用係さんが自分で自分に出した絵葉書だった。

「えっ？」

どういうことか咄嗟に私は事情が飲み込めなかった。

「本当はお姉さんはいないんだ。いないんだけど、いるつもりになって、絵葉書を書く。自分に宛てた葉書を……。変かい？」

慌てて私は首を横に振った。

「毎日毎日、郵便を仕分けして、自分のための便りを一枚も受け取れないのは、寂しいからね」

「私、お家に帰ったら、おじいさんに葉書を書く」

なぜそんな約束をしたのか、自分でもよく分からないまま、気がつくと私はそう口に出していた。自分で自分に便りを出すなどという奇妙な事態から、どうにかしてこのおじいさんを救い出さなければならない、となぜか決意していた。

「それで、来月、またここへ来て、一緒に私からの絵葉書を見つけるのよ。ねえ、そうしましょう」

「うん。それは楽しみだ」

雑用係さんは老眼鏡を外し、私の頭を撫でた。それから震えがちな指で、絵葉書が折れたりしないよう用心しながら、びっしり詰まった中にどうにか一枚分の隙間を開けて、お姉さんからの便りを仕舞った。


しかし私は約束を守らなかった。雑用係さんに絵葉書も出さなかったし、もう二度とあの療養施設へは行かなかった。母が死んだからだ。そのうえ私はまだ、字が書けなかったのだ。

母の死を理解するまでにはずいぶん時間が必要だった。悲しむために必要な言葉を覚え、それが胸からあふれ出した途端、私は後悔に苦しんだ。なぜ療養所へ行きたくないと思ったのか、どうして母の部屋にもっと長くいなかったのか、私のせいで母は死んでしまったのではないか、と繰り返し考えて泣いた。

泣いているとなぜかいつも、掌に雑用係さんの感触がよみがえってきた。郵便を一通一通正確に仕分けしていた、皺だらけのあの手だった。さあ、目を開けて、と雑用係さんは言った。ごめんなさい、絵葉書を出す約束を破って、と私が涙声で謝ると、何も怖くないよ、と言った。

若者はボックスから絵葉書を抜き取る。一枚読み、それを戻してまた次の一枚に目を通す。文字に触れないよう、葉書の両端を指先で慎重に支える。雑用係さんと同じ手つきだ。

しばらくのち彼は、まるで自分に宛てて書かれたかのような、特別に愛着を感じる一枚と出会う。

「さあ、目を開けて。何も怖くないよ」

誰が誰のために書き送ったのか、絵葉書にはたった一行、そう書かれている。

「これも、お願いします」

若者はカウンターにそれを滑らせる。

「はい、ありがとうございます」

お姉さんはもう一度カードを揃え直す。

若者は生まれ持った優しさと若さと賢さによって、たくさんの便りを出し、それ以上にたくさんの便りを受け取る人生を送る。もしかしたら中には、雑用係さんや私の母や、もっと多くの人々がちょっとした不運のために受け取れなかった便りさえ、含まれているのかもしれない。〝紙店シスター〟の決まりに則れば、それは善き人生ということになる。

ノブさん

義眼屋さんが眼を入れて最後の仕上げをした剝製、ジャワマメジカを届けに大学の遺体科学研究室へ行く。義眼屋さんの配達は特に神経を遣う。万が一置き忘れたり、包装が破れて中身がはみ出したりすると、品物が品物だけに厄介なことになりかねない。そのうえ剝製は案外壊れやすい。ちょっと人にぶつかっただけですぐに傷ついてしまう。それがジャワマメジカとなればいっそう油断がならない。

いよいよジャワマメジカを納品すると聞いた時は残念だった。義眼屋のマスコット、兎のラビトと一緒にウインドーに並べれば、どんなに愛らしいコンビになるだろうかと夢見ていたのだけれど、やはりそういうわけにはいかないらしい。

名前の通り、彼女は体長四十センチほどの極小の鹿だ。東南アジアのマングローブ林に棲んでいる。焦げ茶色をした楕円形の胴体に、信じられないくらい細い脚が四本生えている。彼女の存在のすべてを、その脚の細さが象徴しているかのようでさえある。筋肉などなく、素朴で、慎ましやかで、あどけない。偶蹄目の名に恥じぬよう、ひづめがあるにはあるが、大地を蹴るというほどの勢いからは程遠く、ただ土の上にひっそりとした足跡を残すにすぎない。どうぞわたしのことなど気にせず、最初からいないものと思って下さい、とでもいうかのような歩き方をする。

「新人の飼育係が掃除の時にうっかりバケツを転がして、その音にびっくりしてショック死したらしいよ」

と義眼屋さんが教えてくれた。その話を聞いた瞬間、脚の折れるポキンという哀しげな音が聞こえたような気がした。

しかし実際、剝製になったジャワマメジカはきちんと四本の脚で立っていた。両耳を外側に向け、鼻の穴を開き、顔の半分を占める大きさの黒々とした目でどこか遠くを見つめていた。義眼屋さんのこしらえた眼はどこまでも深く、その底の一点に光を宿し、どっしりした足跡を残す生き物には見えない何かを、映し出している。生きている時のまま、最も腐りやすいものであった時のままに、しっとりと湿っている。

剝製を両腕に抱え、べべを従えて私は町を歩いた。アーケードを出るとべべはすまし顔になり、まるで行き先を承知しているかのようにただ進行方向だけを見つめて歩いた。時折、近寄ってくる子供がいても、大人しく撫でられるばかりで自分からは何の手出しもしなかった。配達助手としての任務を十分に心得ていた。

どんな種類であれ、剝製は持ち歩くのには不向きだった。すんなりと腕に納まるということが決してなく、常にどこかがいびつにはみ出していた。彼らは本来、誰の手も借りずに一人で立っていられるのだから、いくら包装や持ち方を工夫しても、不自然になるのは仕方がないのだった。しかし私の様子がいくら不恰好でも、その腕に何が抱かれているか興味を持つ人はいなかった。それがジャワマメジカだと知っている人は、誰一人いなかった。

遺体科学研究室は大学構内の北の外れ、藻に覆われたプールの裏側にあった。そこには生物の進化を研究するためにあらゆる種類の動物の遺体が集められていた。受付を過ぎるとすぐ廊下の片隅に、オオアリクイの頭蓋骨やスローロリスの毛皮やカモノハシの嘴が転がっていた。そこまで来ると途端にべべは足取りが軽くなり、「悪戯しちゃ駄目よ」と言う私の声も耳に入らない感じで遺体たちに体をすり寄せていった。

私は目指す研究室のドアをノックし、先生にジャワマメジカを手渡した。

そう言って先生は包装紙を破り、剝製を点検した。特に眼は撫でたり押さえたりして丁寧に出来栄えを確かめた。その間彼女は机の上に立ち、大人しくされるがままになっていた。時折、ひづめが机を叩く音が、ほんのわずかコツンと聞こえた。

「結構」

「ご苦労様」

先生は満足し、受取にサインをした。始終、私とべべには視線を向けず、おかげでべべは、ホルマリン漬けにされたキリンの心臓を、ガラス越しに心行くまでペロペロなめることができた。

帰り道、両手が自由になった分だけ晴れ晴れするはずなのに、むしろ心もとなく落ち着かない気分になった。遺体を手放すとたちまち重心が妙な具合にずれてしまい、あのアンバランスな剝製が自分の輪郭を保つのにどれくらい役立っていたか、気づかされた。両手にはまだジャワマメジカの脚の感触が残っていた。どうか足跡がつきませんようにと祈るようにして一歩一歩踏み出したひづめの形が、私の中にはしっかりと刻まれていた。通り過ぎてゆく町の人々より、ショック死したジャワマメジカの方がずっと親しく私のそばにあった。べべはまたすまし顔に戻り、よそ見もせず、尻尾も振らず、アーケードに向かってひたすら歩いた。

「ノブさん、いい？」

「はい、どうぞ」

虫眼鏡で新聞を読んでいたノブさんはいつもの調子で答えた。

「ありがとう。じゃあ、ちょっと失礼します」

私は店の右手奥にある小さな扉を開けた。

ノブさんはアーケードで一番の長老だった。一体何歳になるのか、誰もはっきりとは知らなかった。私が物心つく頃からおばあさんのままで、目が悪いのも耳が遠いのもつむじのところだけ付け毛なのもずっと変わりがなく、カウンターの向こう側の丸椅子に座り続けていた。

ノブさんはドアノブ専門店の店主だった。ノブを売っているのだから他にどんな呼び名があるだろうか、という調子で皆からそう呼ばれていた。

ドアノブは両側の壁に設置された板一面に取り付けられ、一つ一つ全部実際に回してみることができた。ノブ一個につき、板がおよそ三十センチ四方に区切られ、蝶《ちょう》番《つがい》もついて開け閉めの具合を確かめられるのだった。ただパイプの通る柱の出っ張り部分だけは、構造を活かして人一人がどうにかくぐれるくらいの大きさの扉が設《しつら》えられ、ノブさん取って置きのドアノブ（立派な雄ライオンの頭が彫刻されたピューター製）が取り付けられていた。くたびれた時、途方に暮れた時、しょんぼりした時、居たたまれない時、私はしばしばそのドアノブを回し、奥にあるほんのわずかの空洞に体を押し込めた。Rちゃんが死んだ時も父が死んだ時も、そこでひと時を過ごした。そこは決して部屋ではなく、納戸でもなく、当然椅子や電灯や絨毯もない、ただドアノブのためだけに存在する暗がりだった。世界の窪みのようなアーケードに隠された、もう一つの窪みだった。その床に座り込み、背中を丸め、両膝の間に顔を埋めていると、すっぽり正しい位置に納まったという具合に体が楽になった。町を歩いて頼りなく薄まった自分の中身が、再びギュッと凝縮されてゆくようだった。必ずベベも一緒にくっついてきて、ほとんど隙間などないと思えるところに上手く滑り込み、私のお尻と足の間で丸くなった。

子供の頃は関節がギシギシして痛むほどだったのに、いつしか狭さは気にならなくなった。体は大きくなり、ベベまで加わったのだからより窮屈になって当然のはずが、ふと気づくと、窪みと体のラインが馴染み、薄暗がりが私たちを包んでどこにも無理がなかった。

私はいつまでもじっとしていた。そこはじっとするためだけの場所だからそれで十分だった。ああ、こんなにも自分にぴったりの居場所があるなら安心だ、という気持になれた。暗がりの中は暑くも寒くもなく、埃一つ落ちていなかった。ただ微かに、石鹸の匂いがするだけだった。雄ライオンに見守られながら、私は心行くまでジャワマメジカの冥福を祈ることができた。

「ありがとう、ノブさん」

さっきまでと全く同じ格好で、彼女は新聞を読んでいた。背中の曲がった小柄なシルエットと、白髪を丸く一つに結い上げた姿は、夕闇に染まりはじめた店内ではほとんどドアノブたちと区別がつかなくなっていた。アーケードの店主たちは皆誰でも、自分の商品と深く親愛の情を結び、仕舞いには自分自身さえ売り物のようなたたずまいになるものだが、ノブさんの場合年季が違うので尚更だった。その丸めた髪をそっと握れば、ノブさんの向こう側にも、思いも寄らない小さな窪みが現われ出てきそうな気がした。

「ああ」

余計な口を利かないのがまた、ドアノブ店の店主らしかった。ノブはあくまでも脇役、単純な仕事をこなす控えめなただの道具、こちら側とあちら側をつなぐ小さな突起に過ぎない、というのがノブさんの方針だった。彼女の考えを体現するかのようにドアノブたちは皆、お客さんの手に握られる時が来るのを辛抱強く待っていた。ガラス、真鍮、ニッケル、ブロンズ、陶器、スチールと素材はさまざまで、どんな手の形をしたお客さんにも対応できるよう、あらゆる形が揃っていた。球体もあれば楕円もあり、滑らかにつるりとしたのもあれば、ギザギザのカットが施されているのもあった。あるいは紋章や動植物が彫刻されていたりもした。見た目だけではなく、回す時の感触もまた一個一個違った。たいていどんなお客さんも、全部のドアノブを試した。自分が求めるタイプではない商品でも、つい握って回したくなる雰囲気がそこにはあった。どうぞ遠慮なくドアノブを回して、その向こう側に何があるか見て下さっていいんですよ、とささやくような雰囲気だった。もっともどのノブを回そうと、向こう側にあるのはただの闇ばかりなのだった。

そしてお客さんは必ず最後に、雄ライオンの彫刻付きピューター製のドアノブに手を掛けた。ノブさんが何も言わなくても、彼らにはそれが取って置きだと分かるらしかった。何人もの手に握られ、それは汗と皮脂でつややかに変色し、たてがみと牙は心持ち磨り減り、そこがまたいっそう鈍い光をはらんでいた。なぜか彼らは皆慎重だった。心なしかそのノブは、他のとは違う響きを持って回るように思われた。

「ほう……」

扉の向こうに目をやり、彼らは小さく声を漏らした。何もないのに、何かがあるかのように一瞬目を凝らした。それからおもむろに決心を固め、自分が買うべきドアノブを指差した。

不思議なことに雄ライオン彫刻付きピューター製のノブを買いたいと申し出る客は一人もいなかった。何十年もそれは同じ場所にあり、こちら側と窪みをつなぐためだけの役目に徹し続けていた。

時々遠慮がちに、窪みの中に入ってもいいだろうかと尋ねる客があった。

「どうぞ」

そこへ入りたがる人はままいるんです、あなただけというわけじゃありませんから遠慮などご無用です、という口調で、ノブさんは答えた。客が何十分、出てこようとしなくても、結局ドアノブを一個も買わないまま帰っても、ノブさんはお構いなしだった。好きなだけ窪みに身を沈めていられるよう、ただ黙って放っておいた。

最初にそこを発見したのは私だった。私は泣いて、顔も手もべとべとにして、身の置き所がなくなって、気がついたら窪みにはまっていた。

母が死んでしばらくたち、どうにか生活が落ち着きはじめた頃、父は私を〝紙店シスター〟のお姉さんに預け、レース屋さんの仕入れにくっついて生涯一度だけの外国旅行をした。

「お利口にしていたらお土産を買って帰るよ」

という言葉を頼りに八日間辛抱し、ようやく帰ってきた父にプレゼントしてもらったのが、薄紫色の石鹼だった。

それは私がこの世で最初に目にした最も美しいものだった。片手に載るほどの小ささの中に精巧な花びらが彫り込まれ、透明なようでいて奥に何か潜んでいる秘密めいた気配に満ち、ステンドグラスの光を通すと思いも寄らない色にさまざま変化した。金箔の模様を施された箱は宝石を仕舞ってもおかしくないほどに優美で、内側にはふわふわした真綿が敷き詰められていた。箱から出し、ほんの少し触れただけでたちまち掌はいい匂いに包まれ、長い時間消えなかった。間違いなく石鹼が自分のものだということを確かめたくて、私は何度も掌を鼻先に持っていって匂いをかいだ。

うれしさのあまり私は石鹼をスカートのポケットに忍ばせ、アーケードの中を駆け回った。心配していた父がちゃんと帰ってきたうえに、こんなにも美しいものの持ち主になったのだから、じっとしてなどいられない気分だった。〝輪っか屋〟の前から一直線に駆け抜け、「おや、元気一杯だね」などと話し掛けてくるお客さんの声を振り切り、中庭を半周してまた〝輪っか屋〟まで戻ってくる。これを幾度となく繰り返した。その間中石鹸は、ポケットの中でカサコソと私だけに向かって秘密の言葉をささやいていた。

何度めかの中庭半周の時、不意にそのささやき声が途切れ、あっ、と思った次の瞬間、石鹸は地面に転がり落ち、石にぶつかって割れてしまった。何が起こったのか上手く理解できず、私はしばらく自分の足元に視線を落としていた。それからようやく弾んだ息のまましゃがみ込み、欠片を拾い集めた。一つ残らず、粉になったのも全部集めればまた元通りになると信じているかのように、目を凝らし、息を殺して地面に這いつくばった。

しかし掌に載せたそれは、もはやこの世で最も美しいものではなくなっていた。花びらは千切れ、土にまみれて薄紫色は濁り、そのうえ昨夜《ゆうべ》降った雨の水溜りが残っていたからか、溶けてヌルヌルしはじめた欠片さえあった。救いはただ一つ、匂いだけは損なわれていないことだった。むしろ完全な形だった時より、ずっと濃い匂いを発していた。それ以上無駄に匂いが逃げてしまわないよう、私は全部の欠片を大事にポケットに仕舞った。

そのあとどうしてノブさんの店に行き、彼女が気づかないうちにどうやってあの窪みに隠れたのか、思い出せない。ふと気づくともう私は、あそこに座っていた。父に合わせる顔がないと思ったのか、絶望したからなのか、とにかく私は一人きりになってしくしく泣いた。台無しになった石鹼を悲しむ気持ちはいつしか薄まり、代わりに私を襲ったのは、これは何か良くない出来事の前ぶれなのだ、という思いだった。つまり、お母さんと同じようにお父さんも……そこまで考えて私は慌てて首を横に振った。しかしいくら追い払おうとしてもその良くない出来事がむくむくと膨れ上がり、胸を塞いだ。しかも前ぶれを呼び起こしたのは、他の誰でもない自分自身なのだった。

私は何度もポケットに手をやり、石鹼の欠片を触った。そのたび、何であれもう取り返しはつかないと思い知らされた。もう二度と母が帰ってこないのと同じように石鹼も元には戻らない。欠片はいっそう脆く、柔らかくなって指先にまとわりついてきた。

窪みは静かだった。無音というわけではなく、パイプを通る空気の気配や、私を探している らしい大人たちの騒ぐ声が聞こえているのだが、それらは自分とは無縁の遠い世界の音に過ぎず、窪みを満たしているのはあくまでも静けさだった。暗がりは温かく、水のように流れがあり、ベトベトになった手を浸せばどこまでも深く沈んでゆけそうな気がした。そうやって沈んでゆけば、いつか向こう側にたどり着いて、自分の仕出かした誤りが許されるかもしれない。私はポケットから手を出し、暗がりに腕を伸ばした。すぐそばに壁があるはずなのに、手には何も触れなかった。ただ暗がりが優しく体を包むばかりだった。雄ライオンが忠実な従者となって、私を護衛していた。


次に気がついた時、私は自分の部屋のベッドに寝かされていた。

「一体どうしてあんなところに……」

「私がぼんやりしていたからだね、ごめんよ」

「子供は想像もしないところに隠れたがるものだよ。よくあることだ」

「窒息するような場所じゃないから大丈夫だ」

「まあ、無事で何より」

大人たちが入れ代り立ち代りベッドを覗き込み、口々に何か喋っていた。

「……何か、良くない、出来事が……」

あの予兆がどうなったか気がかりでどうしようもなく、私はかすれた声で訴えたが、大人たちは「まあ、可哀相に、うなされてるよ」と言って氷枕を持ってきたり毛布をもう一枚重ねたり、見当違いのことをするばかりだった。

ポケットに手を入れようとし、自分がいつの間にかパジャマに着替えているのに気づいた。欠片はどこにも見当たらず、手はすべすべになっていた。ただし匂いだけはまだ消えておらず、石鹸が割れたのが夢でないのを証明していた。

「何にも心配はいらない」

父が顔を寄せ、私の手を握った。

「ああ、いい匂いだ」

胸一杯に息を吸い込み、目を細めて父は言った。

「石鹸は台無しになんかなってないよ。こうしていい匂いに変身しただけさ」

石鹸が問題なんじゃないの、全部台無しになる、取り返しのつかない何かが起こるのよ。これは前ぶれよ、きっと。しかもね、その前ぶれを招いたのは私なの。ごめんなさい。許してね。と本当は言いたかったけれど、父がとても穏やかな笑顔を見せているせいで、結局は何も言えなかった。再び私は眠りに落ちた。

私が起こした小さな騒動のことなど皆すぐに忘れた。雄ライオンの彫刻付きピューター製のドアノブも、向こう側の窪みもそのまま残された。以来ノブさんは毎朝そこを掃除するようになった。ちょっと中へ入ってみたいと申し出るお客さんがぽつぽつ現われたからだ。ショーウインドーよりもカウンターよりも、ノブさんはそこを丹念に掃除した。箒で埃を掃き出し、固く絞った雑巾で四隅を拭いた。「中で一体、何をしているんです？」などとノブさんは決して尋ねなかった。そこを必要とする客がいれば、黙って提供するだけのことだった。

私も、自分以外の人が窪みの中で何をしているのか一切知らなかった。確かめる必要もなかった。たまたま雄ライオンに手を伸ばすお客さんを見かけると、背中に向かって「どうぞ心行くまで」と無言の声を送り、出てきた時は気づかない振りをした。

私の姿が見えなくなっても、もう誰も心配しなくなった。また、あそこにいるんだろう。あそこにいるのなら安心だ、と思うようになった。

ある日、迷子になった小さな女の子がアーケードに現われる。片手に縫いぐるみを抱き、半分脱げそうになったサンダルを引っ掛け、しゃくりあげている。チェックの吊りスカートからは膝小僧がのぞき、髪はきちんと三つ編みに結ってある。あまりにきつく抱き締めているせいで、縫いぐるみはただの焦げ茶色の塊になり、もはや何の動物か分からなくなっている。涙と鼻水でぐっしょり濡れた顔は、泣いているというより、毅然と抗議するようにきりっと引き締まって見える。もう泣き声は上げていない。

輪っか屋さんがお母さんを探しに電車通りへ駆け出し、義眼屋さんは交番を目指して通りの向こう側へ渡ってゆく。

「おや、迷子かい？　そりゃあ大変だ。お名前は？　どこに住んでるの？　今頃お母さんが心配しているよ」

〝紙店シスター〟のお姉さんがあれこれ話し掛けるが、少女は唇を嚙んだまま口を開こうとしない。濡れた瞳は、今、自分の名前などどうでもいいのだ、と訴えている。

二本の足はジャワマメジカと同じくらいか細く、サンダルは足跡さえ残せないほどに小さい。それでも少女はしっかりと立っている。押し寄せてくる絶望を追い払おうとして、瞬きさえ忘れて敷石を踏みしめている。

「寒いから、どこかお店の中で待っていようか」

私は少女の手を引き、一番よく暖房が効いているノブさんの店に入る。少女の手は私の掌にすっぽりと納まる。

「さあ、どのドアノブでも、好きなのを回していいよ」

最初からそうと決めてここへ来たかのように、少女は迷わずあのノブを選ぶ。精一杯掌を広げて、雄ライオンの頭を握る。畏れもせず、ためらいもしないままに少女は暗がりの中へ身を沈めてゆく。扉の前でベベが丸くなる。ノブさんは相変わらず虫眼鏡で新聞を読んでいる。

どれくらいの時が過ぎただろう。少女の名前を呼ぶ母親の声が、アーケードの入口から聞こえてくる。

「はい」

少女は元気一杯の声を上げて暗がりの向こうから出てくる。涙はもう乾いている。

勲章店の未亡人

勲章店の店主は未亡人だった。数年前、不意の病でご主人が死んだあと、わずかばかりの保険金と年金で細々やってゆくことにし、お店はたたむ決心をしたらしいのだが、なぜか今でもぐずぐずと商売を続けている。お得意さんが新しいお店と出会うまで、在庫がさばけるまで、次の住まいが見つかるまで、と言っているうち、ついやめ時を逃しているようだった。

ご主人が元気な間、彼女は店には滅多に姿を現さなかった。たまにご主人の留守に店番をする時でも、ただうつむいて編み物に精を出すばかりで、お客さんが来るとかえって困ったような表情を浮かべていた。

「ごめんなさい。私、勲章のことはよく分からないんです」

と、何とも頼りなく正直な台詞を口にしてお客さんを戸惑わせた。

勲章店に相応しく、と言うべきだろうか。ご主人は表彰式の愛好家だった。世界大会から町内の余興レベルに至るまで、スポーツに限らずバレエ、ビリヤード、バイオリン、手品、闘犬、利き酒、社交ダンス、小鳥の品評会……ありとあらゆる種類のコンテスト、コンクールにおける表彰式を愛していた。例えば近所の公民館で〝ちびっ子オセロ大会〟が開かれると、知り合いが出場しているわけでもないのにこっそりと会場に現われ、優勝した子供の親よりも誰よりもずっと熱心な面持ちで、表彰式を見守っていた。

そんな彼が最も心を弾ませるのはオリンピックの期間だった。オリンピックが始まれば毎日のように表彰式が行われるのだから、愛好家として彼が興奮するのも無理はなかった。四年に一度、その季節になるとご主人はラジオを中庭に持ち出し（お店の中より電波の具合がよかったからだ）、商売はそっちのけで一日中聴き入っていた。おかげで奥さんは慣れない店番を押し付けられ、少し不機嫌になった。

「表彰式の、何が面白いの？」

ある時私は不躾《ぶしつけ》にもそう質問した。

「えっ、いや、何がと言われても……」

困った表情を浮かべながらもご主人はラジオに意識を集中し続けていた。

「だって、競技の方がずっと面白いじゃない」

「そうかい？」

「百メートル競走とかバレーボールとか、ドキドキして興奮するもの」

「まあ、確かに」

「もちろん、気の毒なくらい地味な競技もあるわよ。例えば……カヌーとか、近代五種とか……。でも表彰式に比べればいくらか見ごたえもあると思うわ」

「百メートルだろうが近代五種だろうが、世界で一番になるのは並大抵じゃないぞ」

「うん、まあね」

「それを称えて祝福するのが表彰式だ。だから表彰式はすごいんだ。な、そうだろ？」

　無邪気にご主人は言った。仕方なく私はうなずいた。

　その時ビリビリと雑音が混じり、アナウンサーの声が遠くなった。慌ててご主人はアンテナを動かし、つまみを調節した。

「こんなふうに大々的に、誰かが称賛されているところに立ち会えるなんて、それだけで特別じゃないか。たとえその誰かが見知らぬ人であろうと、自分が称賛される側になることは一生ないとよく分かってはいても、拍手を送っているだけで幸運に恵まれるような気持ちになれる」

ようやく雑音は遠ざかり、再び実況中継が戻ってきた。グレコローマンスタイルのレスリングのようだった。

「三個のメダルは、大事にクッションかお盆か、とにかく最上の材質でこしらえた特製の台に載せられて、恭《うやうや》しく運ばれてくる。メダルたちは厳かに出番を待っている。つまずいたり落としたりしたら大変だ。取り返しがつかない。表彰式には失敗が許されないんだ。だから皆が一生懸命自分の役目を果たそうとする。すべての決まりごとが滞りなく運んでゆく。まるで一すくいの水が、最後の一点を目指して苦もなく流れてゆくように、さ」

ご主人は背中を丸め、いっそうラジオの近くに顔を寄せた。勲章店の店先に人影はなく、ただ編み棒を動かす奥さんのシルエットがガラスの扉に映るばかりだった。レスリングは74kg級の決勝戦を迎えた様子で、熱気が高まっていた。

「三人の選手たちに順番にメダルが掛けられる。特製の台に横たわっていた時から、選手の首に掛かった途端、メダルが生き生き見えてくるから不思議だ。ようやく魂が吹き込まれるんだ。でも決して、メダルが選手より目立つことはない。一番光っているのはもちろん勝者だ。そのことをメダルはちゃんと心得てる。自分は、この人が勝者ですと指し示すための、小さな印に過ぎないとね」

ご主人の口振りはまるで、自分の勲章店がそのメダルを納めたかのようだった。

「ふうん」と私はうなずきつつ決勝戦の行方に耳を澄ませたが、どこの国の何という名の選手が戦っているのか、どちらが優勢なのか、よく聴き取れなかった。

「やがて、一瞬の静寂が訪れる」

ご主人のお喋りは続いた。

「観客たちは起立して帽子を脱ぎ、掲揚ポールを見やる。そこには正装した兵隊さんたちが整列して国旗を捧げ持っている。いよいよ国歌演奏と国旗掲揚だ。ばかげているとは思うけど、どこか遠くにある小さな国がメダルを取ると、ちょっと心配になるんだ。ちゃんと国歌があるんだろうか、ってね。でも心配はいらない。バルバドスにもモルドバにもマケドニアにももちろん国歌がある。国旗はゆっくり揚がってゆく。兵隊さんたちが敬礼している。選手たちの胸にはメダルが輝いている。ついさっき掛けられたばかりなのに、もう随分長い間そこにそうしてぶら下がっていたみたいに馴染んで見える。掌に載るほどのささやかな重みで、勝者を礼賛している」

勲章店でもメダルは売られていた。町内の運動会やピアノの発表会から注文を受ける場合もあれば、遺族が処分に困って持ち込んだ大昔の褒章、階級章、盾、トロフィー、ビクトリーメダルなどを買い取って、骨董品として売る場合もあった。せっかく勝者の印だったはずのものを、勝者でもない人に売るのはちょっと寂しくないだろうか、もちろんオリンピックのメダルがこのアーケードに流れ着くことはないけれど、と私は思ったが口には出さず黙ったままでいた。不意に一段と大きな歓声が湧き、決着がついたのだと分かった。

「さあ、次はいよいよ表彰式だ」

ご主人は姿勢を正し、慎重にアンテナの向きを微調整し直すと、音声のつまみを一段上げた。ラジオの向こうはまだ興奮と熱狂で混乱しているようだった。スピーカーを見つめながらご主人は、混乱が収束し、厳かな規律の時が訪れるのをじっと待っていた。

ある日、無口な初老の男が勲章店に現われる。

「これ、買い取ってもらえないだろうか」

そう言ってコートのポケットから、無造作に小さな勲章を差し出す。それは群青色の革製ケースに納められているが、長い年月そこに押し込められたまま放置されてきたらしく、留め金は錆び付き、リボンは虫が食い、何か得体の知れないポロポロしたものがまとわりついている。顔を寄せれば嫌な臭いがしてきそうな気さえする。

「すみません。うちはもう、買い取りはしていないんですよ」

と、未亡人が応対する。

「近々、店じまいするもので……」

しかし男は動じない。何も答えず、表情も変えず、ただ立ち尽くしている。私とべべは店の片隅で、大人しく成り行きを見守っている。

「いくらでも構わない。別に、高くなくたって……」

男は少しでもそれを自分から遠ざけたいというかのように、指先でケースを押し、未亡人の方へ更に近づける。男は小柄で、顔色が悪く、関節でも患っているのか動きがぎこちない。くすんだ色の着古したコートは肘と背中が毛羽立っている。

客の強引さに負けて未亡人は、一応勲章を手にとってみる。慎重に持ち上げ、掌に載せると、カウンターの上にポロポロしたものがこぼれ落ちる。勲章は八角形の花びら形で、臙脂色の花弁を銀が縁取り、中央には紋章のようなものが彫刻されている。同じ臙脂とグレーのストライプになったリボンには、胸に留めるためのピンが刺さったままになり、それが錆びてリボンをいっそうみすぼらしい姿にしている。

「かなり、傷んでいますね」

気休めに、見たままの感想を未亡人は口にする。

「親父の形見でね」

男はつぶやく。

「かなり、名誉ある勲章のようですが」

「売れない詩人で、長生きだけはしたから、こんなものが一個だけ残った」

「大事な形見を、お売りになったりしてよろしいんですか？」

未亡人は尋ねる。

「捨てるよりはましだろう」

カウンターから視線をそらし、自分の足元を見やりながら男は答える。雨が降っているわけでもないのに、靴の踵とズボンの裾が泥で汚れている。

「お父様のお名前は？」

未亡人の質問に男は、ぶっきらぼうに一つの名前を口にする。

「知ってる人なんかいやしない。とうに忘れ去られてる。誰一人、詩の一行、タイトル一つ、覚えてもいないさ」

私は胸の中でその詩人の名前を三度繰り返し、記憶に刻む。べべが前脚を組み、上に顎を載せて一つ欠伸《あくび》をする。

有無を言わせない男の雰囲気に負けて未亡人は買い取りを承諾し、値段を提示する。男は感謝するでもなく、安堵の表情を浮かべるでもなく、勲章を取り出した時と全く同じ仕草で、受け取ったお金をポケットにねじ込む。そして、勲章に一瞬の別れの合図さえ送らないまま、店を出て行く。未亡人はゆっくりと、カウンターに残されたポロポロを床に払い落とす。

「持込のお客さんがあると、いつも少し、ぐったりしちゃうの」

と、未亡人は言った。

「だからさっさと店じまいしてしまえばいいんだけど……」

自分でもどうしてそうできないのか不思議でならない、という口振りだった。

古い勲章を買いに来るお客さんは無邪気なものだった。種類や階級にはあまりこだわらず、ましてや元持ち主がどういう人物であったかということなど考えもせずに、自分なりに細工を施してアクセサリーにしたり壁飾りにしたりしているらしかった。

しかし売りに来る人たちは皆、何かしらの事情を抱えていた。詩人の息子のように、早く清々したいと思いながらどこかに後ろめたさを感じている人もいれば、陽気に振る舞っていた人が、それを手放す瞬間、不意に涙をこぼす場合もあった。未亡人はどんな客にも、「買い取りはしていないんです」と告げるのだが、彼らは一様に粘った。簡単には引き下がらなかった。ご主人が亡くなったあとでも、ここなら、と思わせる何かが、勲章店には残っていたのだろうか。結局は追い返すこともできないまま、引き取らざるを得ない成り行きに陥った。

一つため息をついてから、未亡人は詩人の勲章をケースに納め直した。

「修繕に出さなければ駄目ね」

「クリーニングすれば、きっと綺麗になるわ。だって臙脂色の花びらがとっても可愛らしいもの」

私は言った。

「そうね」

未亡人はケースを掌に載せ、目の高さまで持ち上げた。ケースの中に、勲章以外の、息子が置いていった何かの事情が込められている、とでもいうかのように、その重さを確かめていた。勲章を買い取ることは、そこに潜むさまざまな記憶も一緒に引き受けるということだった。未亡人はまだ、そういうやり取りに慣れていないのかもしれなかった。しかし目の前に勲章を置かれた時、それが行き場を失い、途方に暮れている様を感じ取る力だけは、勲章店の妻として備えているのだった。

古い勲章の類は、カウンターの左手奥あたりに陳列してあった。多少でも高価なものはガラスの展示ケースに並べられ、さほど値打ちがない品は、値札を貼られ、平たい木の箱にまとめて入れられていた。いつだったか、何気なく木箱をかき回していた時、一つの小さなメダルを見つけたことを私は思い出した。表にはレオタード姿でポーズを取る女性が彫られ、その下には『春季体操発表会中学生の部・種目別平均台第三位』の文字。珍しくもない、粗末な作りのメダルで、値札の感じから随分長い間売れ残っているのは間違いなかった。そんなメダルに目を留めたのは、裏に刻まれた名前に見覚えがあったからだった。それは元オリンピック体操選手だと偽って輪っか屋さんに近づいた、結婚詐欺の女の名前だった。

誰がどういういきさつでそれを勲章店に持ち込んだのか、もちろん分からなかった。私は何も気づかなかった振りをして、メダルを箱の中に戻した。町の小さな大会で、三位のメダルを獲得した少女が、平均台の上に描く完全な円の形は、勲章店の片隅に押しやられ、再び長い眠りについた。

「あのお金、息子は何に使うのかしら」

少し震える手でコートのポケットにお札をねじ込んでいた男の姿と、結婚詐欺の女の姿がいつの間にか重なり合っているのを感じながら、私はつぶやいた。べべが目を覚まし、私と未亡人を順番に見上げてから大きな伸びをした。

「さあ。大した金額じゃないからね。美味しいお酒でも二、三杯飲めば、それで終わりじゃない？」

「えっ。お父さんの形見をお酒にして飲んじゃうの？」

「いっとき気分が良くなって、その晩ぐっすり眠れたら十分」

未亡人は掌の勲章を引き出しに仕舞った。引き取ったまま、修理やクリーニングが必要でまだ店頭に出せないでいるいくつかの勲章たちが、カタカタと小さな音を立てた。べべが体を私の足にすり寄せ、鼻を鳴らして散歩の催促をはじめた。


ある日、私はべべと町の図書館へ行く。私が小さい頃はアーケードの近くの、電車通りに面した古いビルの中にあった図書館が、いつしか町の南側の操車場跡に移転し、立派な建物に生まれ変わっている。もうすっかり角が磨り減って変色しかかった貸し出しカードを持ち、私とべべは南へ向かって電車通りを歩いてゆく。途中の児童公園で一度休憩し、水飲み場の水をべべに飲ませる。

図書館はとてもにぎわっている。駐車場の入口には車が連なり、絵本コーナーには子供たちがあふれ、自習用の机もほとんど埋まっている。

「大人しく待つのよ」

そう言い聞かせ、私はべべを駐輪場の鉄の柱にくくりつける。べべは落ち着いて丸くなれる場所を探し、あたりのにおいをクンクンかぎ回る。

図書館は何もかもが新しい。床はテカテカと光り、本に貼られたシールには染み一つなく、書棚には木のにおいが残っている。そのうえ、アーケードの読書休憩室に馴染んだ私には、そこはあまりにも広すぎる。歩いても歩いても書棚の列は途切れることなく続き、びっしりと隅から隅まで本が詰まっている。

迷子になりながらようやく私は詩集のコーナーにたどり着き、あの日、男が口にした詩人の名前を探す。さほど個性の強くない、しかし平凡とも言い切れないその名前を胸の中で繰り返し、見落としがないよう注意しつつ一冊、一冊、背表紙を確かめてゆく。そこだけぽっかり空気が切り取られたように、詩集のコーナーは空いている。おかげで私はじっくり探し物に集中することができる。

カラフルなの、半透明なの、分厚いの、薄いの、大きいの、小さいの、面白そうなの、難しそうなの……詩集はたくさんある。あとからあとからいくらでも湧き出してくる。背伸びをして上の方の段を探し、中段を往復し、ひざまずいて一番下の段に目を凝らす。それを何度でも繰り返す。けれど男の父親の名前は、どこにも見つけられない。

「取り寄せてもらいたい本があるんです」

私はカウンターにリクエストシートを提出する。

「はい」

忙しそうに事務仕事をしていた司書は、手を止め、慣れた様子でシートに目を通す。

「本のタイトルは?」

「分かりません。でも、この詩人の詩集なら、何でもいいんです」

「では、貸し出しカードを」

握り締めていたそれを、私はおずおずとカウンターに置く。

「まあ、随分と古いカード」

思わず、といった感じで司書が声を上げる。

「今どき、こんな旧式のを持っている人がいるなんて」

「滅多に、ここへは来られないものですから……」

言い訳するように私は口ごもる。

「新式のカードに作り直さなければ」

「私はこれで構いません」

「いいえ。こちらが困ります。システムも何もかも、新しくなっているんです」

お構いなしに司書は、カシャカシャと機械を操作し、新しいカードを作りはじめる。

「住所、電話番号に変更はありませんか？」

「はい、ありません」

うつむいて私は答える。

「変わっていません。ずっと変わりません」

念を押して、もう一度答える。しかし司書はキーボードを押すのに一生懸命で、もはや私の返事など聞いていない。

「はい、これ。次回からはこちらをもって来て下さい。ご希望の詩集が届きましたら、お電話します。五日から一週間ほどかかります」

「ありがとうございます」

新しい貸し出しカードは紙ではなく、しっかりしたプラスチックでできている。そこに私の名前と何かの番号が打ち込まれている。間違いなく自分の名前のはずなのに、なぜか新しいカードはひんやりとして、よそよそしく感じられる。

「すみません。古いカードをもらって帰ってもいいでしょうか」

勇気を出して私はお願いする。

「ええ、でももう使えませんよ」

「はい、分かっています。ただ、思い出に持っておきたいんです」

「はい、どうぞ」

素っ気なく司書は答える。

大急ぎで私はべべのところに戻る。べべは大人しく私を待っている。背中も首も尻尾も、体中が全部丸くなっている。

一週間後、図書館司書はリクエストシートに記載された電話番号に連絡をする。どこかで呼び出し音が鳴る。誰の耳にも届かない、誰にもたどり着けない呼び出し音が、最果てのどこかで鳴り続ける。かつて電話のあった部屋、読書休憩室の二階はとうにがらんどうになり、そこに暮らした人の気配も消え去っている。

「おかしいわね」

と、司書はつぶやく。司書の耳にはただ、「お掛けになった電話番号はただいま使われておりません」の声だけが繰り返し流れる。


借りてきたばかりの詩集を中庭で読んでいると、珍しく勲章店の未亡人がラジオを提げてやって来た。

「あら、読書？」

揺れる木漏れ日の下で、いつになく未亡人の顔が晴れやかに見えた。ちらっと詩集の表紙に目をやりながら、余計なことは何も言わなかった。

「図書館で借りたの」

「そう」

「ちゃんと、貸してくれたわ」

「それはよかった」

未亡人はテーブルの真ん中にラジオを置き、スイッチを入れ、ご主人に似た手つきでアンテナの向きを調節した。ご主人が死んで、初めて巡ってくるオリンピックの季節だった。

「さて、何の競技かしら」

私はページから目をそらし、未亡人と一緒に耳を澄ませた。馬術・障害飛越個人のようだった。再び私は詩集の続きに戻った。

それを借りる時、業務に忠実な司書は電話番号が違っている、正しい番号を登録しろとまじめな顔で迫ってきた。しかし求めていた詩集を目の前にした私はそれだけで心が浮き立ち、気が大きくなって、「すみません。電話料金を払い忘れていただけです。番号はそれで合っています」と、彼女を上手くあしらうことができた。

詩集は古いものだったが、洗練された装丁で、しっかりした造本になっていた。紙の手触りや余白の変色具合から、これを手に取った人々が皆、一ページ一ページ丁寧にめくっていったのだろうという気配が感じられた。彼らにならい、私も一篇一篇をゆっくり味わった。勲章は売られてしまったけれど、あなたの父親の残した詩は、こうして今も誰かの胸に響いているのですよと、男に伝えるように、その証拠を示すように、声にならない声で詩を読み上げた。

ラジオからは土を蹴る蹄の音が聞こえていた。未亡人の横顔と詩集のページを、澄んだ光が包んでいた。

「さあ、次は表彰式よ」

微笑を浮かべながら未亡人が言った。まるでメダルを捧げ持つご主人の入場を待つかのような口振りだった。

遺髪レース

剝製でもドーナツでもメダルでも、何であれ配達するのは骨の折れる仕事だ。もちろん私にはアーケードの店主たちのように、何かを作り出したり選び取ったりする能力はなく、ただ品物を定められた場所へ移動させているだけなのだけれど、それでもやはり、見た目ほどに気楽ではない。

品物たちはアーケードを出た途端、目を伏せ、息を詰めたようになる。偽ステンドグラスや店内の薄明かりに守られていたのが、急に外の光に晒され、まごついてしまうのだ。そんな彼らの震えが、包みを抱き締める私の胸に微かに伝わってくる。

どの店主たちも皆、見事に商品を包装する。それらが最も無理なく安全に納まり、尚かつ彼らの用途に相応しい美を発する紙、箱、紐、テープ、リボンが選ばれる。レターセット一組、ドアノブ一個といえども疎《おろそ》かには扱われない。包装が済み、あとはお客さんの手に届くのを待つばかりとなった品が、カウンターの上に置かれているのを見るのが私は好きだ。形状に忠実に沿う包装紙の皺や、きゅっと引き締まった紐の結び目を見つめていると、店主が自分の商品にいかに深い愛情と誇りを持っているかが分かる。配達係として、これを無事お客さんのところへ届けなければ、という気持が自然と湧き上がってくる。完璧な包装を施された彼らには、たとえ陳列棚を離れようとも、店にあった時と同じ安らぎが約束されている。

「だから心配ないのだよ」

包装の形をできるだけ崩さないようふんわりと両手を広げ、しかし決して落とさないだけの力を込めながら、私は両腕の中のものに語り掛ける。声にならない言葉は町のざわめきの中にたやすく消え去り、通り過ぎる人々の耳には届かない。ただ靴音に合わせ、箱の底でカタカタと鳴ったり、袋の中でかさこそ呟いたりする音だけが、私とべべを取り巻いている。

「間違えたりしないから。ちゃんと正しい場所へ送り届けるから」

カタカタかさこそ、カタカタかさこそ、はひと時リズムを早め、勢いを増し、やがて少しずつ落ち着きを取り戻すが、最後まで止むことはない。

一つ心配なのはべべのことだった。気がつかないうちにべべの後ろ脚は少しずつ弱ってしまい、段差もない平たい道でよろけることが多くなった。不意につまずき、自分でも何が起こったのかよく分からず、

「あれ、どうしちゃったんだろう」

という不思議そうな表情を浮かべた。鼻の回りの毛はすっかり白くなっていた。最初のうちは太陽のせいだ、偽ステンドグラスの下で見れば元の焦げ茶色に戻るはずだ、と自分に言い聞かせていたが、いつしか誤魔化しきれなくなっていた。

「あっ、いけね」

それでもべべは思い煩う様子もなく、慌てて歩調を取り戻し、私の半歩後ろに付き従う。

公園を通るたび、私たちは休憩する。水飲み場で水を飲み、ベンチに腰掛ける。店主の誰かからもらった朝御飯の残りのパンを、鳩や雀や名前のよく分からない他の小鳥たちに撒いてやる。時折、〝鳩に餌をやらないで下さい〟などと書かれた札が立っていることもあるが、気にしない。よほどお腹が空いているのだろう、小鳥たちはべべを恐れもせず、干からびたパン屑を夢中でついばむ。

品物たちがアーケードの外の空気に徐々に慣れるよう、べべの脚が疲れないよう、

私は細心の注意を払う。ベンチに座っていても荷物を脇に置いたりはしない。じっと両腕に抱えたまま、彼らの気配に耳を澄ませている。

万が一これを失くしてしまったら……。配達係は常にこの恐怖から逃れられない。中でも一番私を緊張させるのは、遺髪の配達だ。替えがきかないという意味ではどんな品物でも同じであり、すべては平等に扱われるべきだが、遺髪だけは別格なのだ。

遺髪はレース屋さんが扱っている。これは表立った商売ではなく、元々は店主の好意から始まったもので、一度きりでおしまいになるはずだった。ところがどこでどう噂が広まったのか、レース屋さんを頼りにやって来るお客さんは一人、また一人と後を絶たず、結局は断りきれないままに遺髪がアーケードに預けられる。

私が生まれる少し前、レース屋さんはとある資産家の屋根裏部屋の旅行鞄から出てきた珍しい一品と出会い、一瞬迷った後に仕入れを決め、額に納めて店の片隅に飾った。そのレースは遺髪で編まれていた。迷ったのは値段の高さからではなく、あまりにも持ち主の思いが深く染み込んだものを、商売の場所に持ち込むことが憚《はばか》られたからだった。しかしそれは旅行鞄の底で押し潰され、縁はほつれかかり、ぐったりと打ちひしがれていた。一刻も早く手入れをしなければ、バラバラに解け、埃にまみれたただの髪の毛になってしまう恐れがあった。それを救い出し、本来の姿に戻して保存するために彼は遺髪レースを買い求めた。自分が扱う品は多かれ少なかれ死者たちの気配をまとっているのであり、彼らを敬う気持をいつでも忘れてはならないのだ、という信念の象徴として遺髪レースを掲げた。

幅四センチ、長さ十五センチほどの、信じがたいほどに繊細な模様を持つレースだった。中央に忘れな草の花が二輪並び、両端にはおそらく故人のイニシャルなのだろうHとCが配され、花とアルファベットを蔦の巻きひげが優美な曲線を描きながらつないでいた。更には五ミリにも満たないループの連なりが、ぐるりと四辺を縁取り、いっそうの細やかさをかもし出していた。色は長い年月の間に褪せ、グレーとも琥珀とも言えない柔らかい光をはらみ、もはや元の色を思い起こすのは難しかった。ただ、これだけの模様を浮き上がらせるからには、故人はきっと豊かな髪の持ち主だったに違いないということはよく分かった。

糸で編まれたレースとはどこかしら異なる雰囲気に気づいた幾人かのお客さんが、額に目を留めた。それは触れるのが恐いようなか弱さを見せながら、同時に、こっそり頬を寄せてみたい、という願いを呼び覚ます妖しさも秘めていた。

「若くして亡くなった新妻を偲んで、旦那さんがレース職人に作らせたようです。百五十年くらい昔のものです。詳しい事情は分かりませんが……」

遺髪と聞いて驚き、更に熱心に見つめる人もいれば、明らかに気味悪がって目をそらす人もいた。買いたいと申し出る客も、時にはあった。

「申し訳ありません。売り物ではないんです」

店主の言葉を彼らは素直に受け止めた。

初めて遺髪レースの製作注文が入ったのは、火事のあとアーケードが再開されて間もなくの頃だった。黒いネクタイをきちんと締めた三十代後半と思われる男性が現われ、他の商品には目もくれないまま真っ直ぐに額の前へ進み、しばらくそこでじっとしていたあと、

「私にも同じようなレースを作ってもらえませんか」

と言った。

思いがけない申し出にレース屋さんは驚き、「えっ」と言ったきりしばらく言葉が出てこなかった。

「それは、あの、うちで作った品ではありませんで……」

「でもこちらは、レース屋さんでしょう?」

まごつく店主を責めるというより、あなたなら望みをかなえてくれるはずだと、理由もなく確信しているような口振りだった。

「新妻を失くした夫がこれを編ませたとしたら、私にだって許されるはずです」

男は既に額の遺髪レースの由来について知っていた。

「早い方がいいと思って、持ってきました。これなんです」

男は背広のポケットから紺色のビロード張りのケースを取り出し、中身がこぼれ落ちないようそっと蓋を開けた。そこには紙縒《こよ》りで結ばれた一束の髪が入っていた。黒々とした色合いから、切り落とされてまだ間がないように思われたが、それが遺髪であるのは間違いなかった。蓋が開かれた瞬間、ストーブの前で眠っていたべべが目を覚まし、鼻をヒクヒクさせたからだった。

「だって完成にはかなりの時間が掛かるでしょうから」

もう一度男は額に目をやり、忘れな草の花弁を一枚一枚なぞるようにしてレースを見つめた。

「美しい髪です」

引き受けないとも引き受けるとも答えないまま、ケースの中に視線を落として店主はつぶやいた。元々は奥さんのネックレスが入っていたのだろうか、白いシルクが敷き詰められたケースの中に髪の毛は横たわっていた。たっぷりとしてしなやかで、艶があり、先端だけがカールしていた。そのカールのくるりとした感じが、奥さんの可愛らしさを表しているようだった。ちょっとベッドに横たわって、うたた寝しているように見えた。店主が言うとおり、確かに美しい髪だった。

「デザインも考えてきました。妻の好きだったマーガレットの花をあしらっていただこうかと思うんです」

「しかし、私が編める訳ではないんです」

「ええ、分かっています。でもあなたなら、編み師をご存知のはずです。遺髪専門のレース編み師を」

「えっ、いや、あの……」

「あなたはレースの専門家だ」

「ええ、まあ」

「レースの世界は小さいけれど深い森です。どこまでもしんとした森です。あなたはそこへ分け入るための地図を持っている。だからこそあの遺髪レースだって、ここにたどり着けたんじゃありませんか」

忘れな草は恥ずかしそうに二輪寄り添い、HとCは蔦の蔓で仲良く手を握り合っていた。外はすっかり日が暮れ、敷石のステンドグラス模様は消え、いつしか街灯の作る影が落ちていた。〝紙店シスター〟のお姉さんが日除けを巻き上げる音が、ギコギコと聞こえてきた。

「いずれにしましても」

しばらくの沈黙のあと、店主が口を開いた。

「レースを編むに相応しい髪です」

男は目を伏せ、亡き妻に向けての最上の褒め言葉を受け取ったかのような表情を浮かべ、小さな声で「ありがとうございます」と言った。

「奥様のイニシャルを教えていただけますか」

静かな声で店主は尋ねた。

遺髪専門のレース編み師は思いのほか年の若い女性だった。レース屋さんによれば、それでも十分なキャリアを持ち、センスもよく、技術は同じ分野の職人の中でも一流という話だった。もっとも、遺髪専門の編み師がレースの森に何人くらい棲んでいるのかは、よく分からなかった。

扱う素材から予測できたことではあったが、編み師さんは看板も掲げず、職業別電話帳に番号も載せず、殺風景なアパートの一室でひっそりと仕事をしていた。それが遺髪レースの世界での常識なのか、あるいは彼女特有のこだわりなのかは不明だが、依頼主に直接会うこともしなかった。あくまで向かい合う相手は遺髪のみ、といった姿勢を貫いていた。従って依頼主たちは必ず、レース屋さんのような仲介者を必要とした。レース屋さんに託された遺髪と、依頼主が希望するデザインの略図を彼女の元へ運び、完成した品をアーケードに持ち帰るのは、もちろん私の仕事だった。

初めて編み師さんの仕事場へ行った時一番驚いたのは、彼女がかつて出会ったどんな女の人よりも短い髪をしていたことだった。耳と首筋は潔いほどにあらわになり、ほんの一つかみの前髪がかろうじてある程度の長さを保っている以外、あとは芽吹いたばかりの芝のような髪が頭蓋骨を覆っているにすぎなかった。

「作業に邪魔だしね。それに、もし自分の髪が混じったら、大変だから」

編み師さんは自分の後頭部を撫で上げ、ジョリジョリという気持のいい音をさせながら言った。

「生きてる人と、そうでない人の髪は全然違うの。遺髪の方がずっと辛抱強いのよ。生きてる人の髪は案外長持ちしないから、一本でも紛れ込むと、そこからレースが駄目になっちゃうのよねえ」

レースの森の孤独な住人、というイメージとは少し異なり、お喋り好きな人だった。いつ訪ねても歓迎してくれ、べべが玄関にだらしなく寝そべっても気にしなかった。

しかし作業に取り掛かると、途端に大変な集中力を見せた。方法としてはいわゆる、かぎ針編みだった。南に面した窓に沿って細長いテーブルがあり、そこが作業台になっている。窓の向こうにはどこまでも続く緑に覆われた小高い土手が見える。窓にはカーテンがなく、ガラスはピカピカに磨き上げられ、土手の緑に反射して柔らかくなった自然光が十分手元に届くよう配慮されている。かぎ針と、編み図と、ハサミと、ピンセット以外に余計な道具は何も置かれていない。

編み師さんは遺髪の束からピンセットで数本を抜き取り、指先で馴染ませ、一本の糸状にする。それを幾本か結んで適切な長さにしてから、いよいよ編みはじめる。

彼女が最も慎重になるのがここまでの段階だ。髪の毛を編める状態まで持ってくるのに、案外手間が掛かる。扱いやすくするために何か特殊な薬を使うわけではない。何本の髪をどれほどの加減でよじるか、どれくらいの強さで結ぶかは、彼女の勘にゆだねられている。猫っ毛、剛毛、直毛、縮れ毛、白髪、染めた髪、パーマの掛かった髪、前髪、頭頂部の髪、死後何年も経ったの、そうでないの……遺髪は全部異なっている。更にそれでどんな模様を編むのか、花なのか幾何学模様なのか、によってもすべてが違ってくる。ピンセットを手に、遺髪の束から一本一本髪を抜き取っている様はまるで、生まれたての生き物を慈しんでいるかのように見える。

かぎ針の動かし方は普通とあまり変わらない。ただし当然ながら髪は絹糸よりずっとか細く、それに合わせてかぎ針も特注品が使われている。長年髪の毛に触れてきたせいでその脂を吸い取り、先端はいかにも仕事の出来る道具といった感じでつやつやしている。

編み師さんは軽やかに編んでゆく。もちろん絹糸よりもペースはゆったりで、編み物にはお馴染みの毛糸玉から糸を引っ張り出す仕草は見られないけれど、ぼんやりした人ならば、もしかすると材料が髪の毛だとは気づかないかもしれない。かぎ針の先端が髪を引っ掛けるたび、一目一目模様が形作られてゆく。無闇に髪と髪がこすれ合わないよう、指先には常に神経が張り巡らされている。

鎖編み、長編み、中長編み。こま編み、長々編み、引き抜き編み。玉編み、パプコーン編み、ピコット編み。編み図は、依頼主の希望を入れ、遺髪の量を考慮しながら彼女自身が描いたものだ。彼女は編み図を見つめ、針を動かし、目を数え、また編み図に視線を落として間違えていないかどうか確かめる。遺髪レースは解いてやり直すことが気楽にはできない。一度編んでしまうと髪にその形が残り、新たに編み直しても綺麗な模様が描けないからだ。だから間違えすぎると、遺髪が足りなくなる事態に陥る。

「遺髪専門の編み師として、一番やっちゃいけないことが、それね」

と、いつか編み師さんが言っていた。

区切りのいいところまでいくと、窓ガラスにレースをかざし、模様の浮き上がり具合を点検する。太陽の光が編目の隙間をすり抜け、レースを柔らかく包み込む。ついさっきまで死んだ人の髪の毛だったものが、いつの間にかセントポーリアや紋白蝶や雪の結晶や数字や文字になっている。朽ちようとする寸前、編み師さんに掬い上げられ、小さな印となってガラスに影を刻み付けている。

一つ作品が完成すると、編み図はボロボロになってしまう。ただ大人しく遺髪レースのそばに寄り添っていただけなのに、編み師さんの疲労が乗り移ったかのごとく、くたくたに波打ち、端がめくれ、時には破れていたりする。レースと余った遺髪は依頼主に届けられ、編み師さんの手元にはこの編み図だけが残される。二度と同じ模様が編まれることはないのだが、彼女はそれを大事に取っておく。

日が傾くと編み師さんはあっさりかぎ針を置き、作業台の上のものを全部金庫に仕舞ってから、深々と煙草を吸った。自然光の下でないと髪の様子を正確につかめないからだった。煙草を吸いながら彼女は、自己流のやり方で眼球をマッサージした。

不思議にも、遺髪を持った人がレース屋に現われるペースには、適切なリズムがあった。ひどく立て込んで編み師さんに無理をお願いすることもなければ、長く間があきすぎて、編み師さんの電話番号をすっかり忘れてしまうということもなかった。遺髪レースを必要とする者同士が、編み師さんの眼精疲労に配慮し、どこかで話し合いを持っているのではないだろうかと思うほどだった。

彼女も元々はごく普通のレースを編む職人だったが、ふとしたきっかけから遺髪の世界に足を踏み入れ、それ一辺倒になった。

「家が散髪屋だったから、髪とは馴染み深いのよ。子供の頃、床に散らばった髪を集めてよく遊んでた。丸めてふわふわ飛ばしたり、枝毛を探したり……」

さっきまでレースの模様を浮き上がらせていた窓ガラスに、編み師さんの口から漏れる煙が白く映った。

「その頃から、生えてる方じゃなく、切り落とされた方の髪に縁があったのね」

彼女はもう一本、煙草に火をつけた。仕事のあと、三本だけ煙草を吸うのがいつもの習慣だった。

「髪を見れば、その人がどんな人だったか分かる？」

私は尋ねた。

「うん、分かるよ。最初、ちょっと触れただけで、パーッといろんなことが伝わってくる。でも、だからってどうにもならない。その人は、死んじゃったんだからね」

作業台の上は淋しいほどきれいに片付いていた。それこそ髪の毛一本落ちていなかった。旧式で多少錆の浮いた遺髪専用の金庫が、台の下で黒い影の塊になっていた。

「仕事をしてる最中は、その人のことをあれこれ考えないようにしてる。編むことだけに集中しないと、いいレースにはならないのよ。そこに気持を込められるのは、依頼主だけでしょ？　私はただ編むだけ」

「ふうん」

玄関ですっかり熟睡しているべべの背中もまた、金庫と同じように暗がりの中に沈もうとしていた。

「でも、赤ちゃんの遺髪だけは別」

何か大切な秘密を告白するような口調で、編み師さんは言った。

「その髪が、おくるみに包まれた赤ちゃん自身みたいな気がして、もしかして、自分が産むはずだった子供じゃないかなんていう気がして、つい手が震えちゃう」

赤ん坊の遺髪は量が少なく、長さも短く、とてもはかなげな様子なので、依頼主が何も言わなくてもすぐにそうだと気づいた。大人の遺髪が四角形、円形、半円形、帯状とある程度の面積を持ったレースになるのとは異なり、赤ん坊の場合はかろうじて指先にのるほどの大きさにしかならない。編み込める模様はイニシャル一文字か、星が一つ、そんなささやかさだった。依頼主たちはたいてい、その小さな小さなレースをロケット型のペンダントに入れて身につけた。

すぐにふわふわ飛んでいきそうな赤ん坊の髪を、一目一目編んでゆくのが大変な作業であるのは間違いなかった。かぎ針は普段のより更に細く、指先はいっそう緊張し、呼吸さえしていないかのようだった。作業台に向う編み師さんの背中を一目見ただけで、赤ちゃんの遺髪レースなのだな、とすぐに分かった。

一度私は彼女が仕事中に涙を流しているのを目撃した。頬を伝う涙がレースの上に落ちないよう、編み師さんは服の袖口で無造作に顔を拭いつつ、かぎ針を動かしていた。集中しすぎて、瞬きを忘れて、きっと涙があふれてきたのだろう、と私は思っていた。

「でもね、仕事が終わって、ここから夕焼けを眺めながら、ああ、今日も一日何事もなく無事に終わったなあ、と思ってる時にふと、自分の編んだ赤ちゃんの遺髪レースを思い出すことがある。まるで今、自分の胸にそれがぶら下がっているような気がして、首元に手をやったりするの」

思わず首元に触れようとしたのを誤魔化すように、編み師さんは後頭部に手をやり、髪をジョリジョリいわせ、それから三本めの煙草に火をつけた。


その日も私は配達のために編み師さんの仕事場を訪れる。息の上がるべべを励まし、公園で二度休憩し、いつもと同じく小鳥たちにパンくずを撒く。けれど今日私が運ぶのは、自分の髪だ。

それは昔、着せ替え人形が入っていた紙の箱に納まっている。もう随分古びて、蓋に印刷された人形の絵は、アーモンド形の大きな目が片方紙魚《しみ》に食い荒らされている。中の人形も自慢の洋服も靴もすべて姿を消し、代わりに三つ編みに結った髪が、ピンク色のリボンもそのまま二本仲良く並んでいる。

「遺髪しか編まないのよ、私は」

と、編み師さんは言う。

「はい、分かってます」

と、私は答える。

長年この仕事に携わってきた人特有の確かさで、編み師さんはしばらく三つ編みを点検する。強度に問題はないか、変色の程度はどうか、分量はどれほどか、三つ編みが解けないよう注意しながら見極めてゆく。

病室で、母に髪を結ってもらったことを私は思い出す。どうしても好きになれなかった薬のにおいや、綺麗な三つ編みになる丁度いい力加減で髪を引っ張る母の手つきや、耳たぶに感じる熱すぎる母の息や、あっという間にシュルシュルと結ばれてゆくリボンの端や、そうしたあらゆるものが一度によみがえってくる。

「よろしいでしょう」

三つ編みを箱の中に戻し、小さく息を吐き出したあと、いつになく畏《かしこ》まった口調で彼女は答える。

「編みましょう、遺髪レースを」

それ以上、彼女は何も言わない。余計なことは何も尋ねない。

それはほんのわずか十センチほどの、細長い形をしている。可憐な草花や、飾りを施したイニシャルや、誕生日を表す数字とは無縁の、つつましい模様のレースだ。アーケードの偽ステンドグラスと同じ模様なのだ。それを日にかざすと、アーケードの敷石に落ちるのと同じ形の影が窓ガラスに映る。

それはレース屋さんのショーウインドーに飾られている。もう一つの看板のようでもあり、商売の無事を祈るお守りのようでもあるけれど、とても小さく控えめなので気がつかないお客さんも多い。

それはいつまでもずっとそこにある。色が抜け、艶が落ち、元々は小さな女の子の三つ編みだったことを知っている人が誰一人いなくなったあともまだ、アーケードの大事な印をガラスに刻み続けている。

人さらいの時計

アーケードを出て真正面、電車通りを渡った向こう側のビルに大きな時計が掛かっている。白い文字盤に、黒々としたローマ数字と二本の針。余分な飾りは一切なく、味気ないほどに実用一点張りの、丸い大きな時計だ。

ビルには鉄鉱石を扱う商事会社が入っているようなのだが、あまり活気があるとは言えず、人の出入りは少ない。時報の鐘を響かせることも、からくり人形を踊らせることもなく、時計はただ殺風景なビルの壁にひっそり張り付いている。いつ、どんなふうに整備されているのか誰も知らないにもかかわらず、それは決して狂わない。あの火事の日でさえ、焼けたビルから落下してなお、黙々と正しい時刻を刻み続けていた。ビルが建て直されると当然のように、再びそれは元の位置に戻された。

しかし時計がどれくらい町の人々の役に立っているかについては、多少の疑問が残る。例えば、恋人たちの待ち合わせ場所になったり、迷子になった時の目印になったりする、という話は聞かれない。アーケードから眺める限り、行き交う人々はそこに時計があることにすら気づかないまま、通り過ぎているように見える。

昔、この時計の針が動くところを目撃した子は、人さらいに連れて行かれて二度と戻ってこられない、という噂があった。近隣の子供たちは皆噂を信じ、人さらいの時計と呼んで怖がり、それを見上げるどころか下を通ることさえしようとしなかった。

もちろん私も文字盤がちらりと視界に映るだけで慌てて目を閉じ、電車通りの向こうに用事がある時は、わざわざ遠い方の横断歩道を使った。アーケードを一直線に見通す位置に設置されているという事実が、何かしら呪われた秘密をはらんでいるのではと思い、余計に怖くなったりした。けれど心の片隅では、一度でいいから針が動く瞬間を目にできたら、と願う気持がくすぶっていたのもまた事実だった。針はゆっくり這うように動くのだろうか、それともピクンと跳ねて進むのだろうか。時計の奥にはノブさんの店にあるような小部屋があって、そこに人さらいは一人で暮らしているのだ。手に油さしと布きれを持ち、発条を磨いている。その合間に文字盤のわずかな隙間から、さらってくるのにうってつけの子はいないかと物色している。針が動く瞬間、小さな空気の揺れが人さらいの耳にさざ波を起こす。私もさざ波を味わいたい。時間と時間の隙間に耳を澄ませてみたい。人さらいがどんなふうにして私をさらってゆくのか、確かめてみたい……。とあれこれ想像を巡らせるのは、悪くない遊びだった。

噂を信じるには少し大きくなった頃、今度は自分の願いに忠実に、針が動くのを見てやろうとして何度かチャレンジしたが、なぜかいつも上手くいかなかった。ビルの前に立ち、時計を見上げているうちにすぐ飽きて、人さらいのことなどどうでもよくなってしまうのだった。

なのに火事のあと、何気なく時計に目をやった途端、呆気なくその瞬間は訪れた。子供の頃想像していたほどに意味ありげでもなく、神秘的でもなく、淡々と当たり前に、決められた角度だけ進む、ただそれだけのことだった。今ではもう、文字盤に現われる予兆とも言えない微かな気配を感じ取り、瞬きさえしないまま一目盛分の動きを見届けられる。文字盤の奥にいる人さらいと、目配せを交し合える。

火事を機会にドールハウス専門店が引っ越していったあと、長く空き家になっていたところへ、軟膏屋と名乗る若い女性が店を構えた。ウエーブのかかった髪を腰のあたりまで伸ばし、フランネル生地のスカートに黒いタイツをはき、首には何重にもショールを巻きつけていた。冷え性なのか貧血気味なのか、化粧気のない顔は白々と透き通り、頬には毛細血管が模様になって浮き上がっていた。愛想がいいとはとても言えなかったが、ただ働き者なのは間違いなく、朝は一番に店を開け、排水溝から中庭まで熱心に掃除をした。店主たちとはすぐに馴染み、店の構えも、もうずっと以前からそこにそうしてあったかのような風情《ふぜい》を漂わせていた。

もう一つ彼女の長所は、愛想の悪さを忘れさせる声の柔らかさにあった。何かしら体に触れる商品を扱う店主に相応しい、いたわりの響きを備えていた。お客さんに向かい、「いらっしゃいませ」という一言を発するだけで、自分の体に必要な品を既に一つ手に入れたかのような心持にさせることができた。

ただし私は、一度もそこへ足を踏み入れなかった。べべが店に籠もる薬草のにおいを怖がったからだ。二、三度店先をクンクンしたあと、「これは駄目だ。残念だけれど」という表情を浮かべ、後ずさりして二度と近寄ろうとはしなかった。

軟膏屋といいながら扱う品は、湿布、口腔洗浄液、入浴剤、保湿ローション、ハンドクリーム、と多岐にわたっていた。同じ商売を別のどこかでやっていたのか、陳列棚や分銅秤《ふんどうばかり》やレジスターはよく使い込まれ、黒光りし、薬草のにおいが深く染み込んでいた。それは不愉快なにおいではないのだが、見知らぬ遠い土地の、地中奥深くから長い年月をかけて吸い上げられたエキスが煮詰まったような、重苦しさをはらんでいた。

私はショーウインドー越しに、そっと店内を盗み見した。丸い缶やチューブに入った軟膏を指先ですくった時の、べっとりとした感触や、ぞくっとするような冷ややかさを想像するだけで我慢した。

軟膏屋さんが中庭を掃除しはじめると、邪魔にならないようべべと私は木陰に退いた。落ち葉を集めたり、テーブルと椅子を拭いたりする姿を、眺めるともなく眺めた。その丁寧で手際のいい仕事ぶりに惚れ惚れした。

「あれ、どうしたんだい。そんな隅っこで」

と、義眼屋さんが声を掛けてきた。べべが一声ワン、と吠えて応えた。それでも軟膏屋さんはそんなやり取りなど耳に届いていないかのように、一心に作業を続けた。時折、風の加減で、ショールに染みついた例のにおいが運ばれてくると、べべは困ったふうに鼻を鳴らした。

配達がない日、店主たちが皆忙しそうで中庭に誰もいない時、私は一人、アーケードの店々を見つめ、お客さんと店主たちの声を聞いている。中庭からすべての店が見通せるわけでもないのに、陳列棚を見上げるお客さんの横顔や、お釣りを数える店主の指の表情、店の床に差し込む光の形、何でも感じ取ることができる。実にさまざまなお客さんがいる。ドーナツを頬張る無邪気な女子高生もいれば、着飾ったマダムもいる。感じのいい爽やかな青年が現われたかと思えば、危なっかしい酔っ払いが登場する。驚くほどの大金を払う買い物をして、その後二度と現われない人もいれば、毎日のようにやって来るのに何一つ買わない人もいる。

そんなお客さんの中から一人を選んで、私は後をつける。選択にはっきりした基準はなく、ただ何となく心に留まった人を選ぶ。文字盤の奥で人さらいが子供を見定めるのも、こんな感じなのかもしれない。

その追跡がどれくらいの道のりとスピードになるか予測がつかないので、老いたべべは置いてゆく。決まった散歩でさえ億劫になりはじめたべべは、私が一人でアーケードを出て行っても、もはや追いかけてはこない。

最初は気紛れな暇つぶしのつもりだった。アーケードで買い物をしたお客さんは、そのあとどうするのだろう、真っ直ぐ家へ帰るのか、それともどこかへ寄り道するのだろうか、という素朴な疑問からふと思い立ったことに過ぎなかった。しかしすぐに、この尾行は自分にとって、単なるお遊びでは済まされないと気づいた。アーケードの光から遠く離れ、店主たちやべべの助けもなく、胸に抱く配達の品もないまま、お客さんの背中だけを目印に一人ぼっちで町を歩いているうち、いつしか私は人さらいの時計が起こすさざ波の縁に飲み込まれてゆくような気分に陥っていた。

私は痛くもなく、苦しくもなく、辛くもなかった。心は静かなままだった。ああ、こんなふうにしてさらわれるのなら、子供たちは何もあれほど恐れることなどなかったのに、と思った。見てはならないと言い聞かせながらどうしても見てみたい気持を抑え切れなかった自分は、間違っていなかったのだ、という確信を得た。

私が尾行しているのは、死んだ父だった。顔や姿形が似ているかどうかは関係なかった。ただ、今目の前にある、私を導く世界中でたった一つの背中、それこそが父なのだ、という思いが胸を満たしていた。

初めて尾行したのは、〝紙店シスター〟にエアメール用のレターセットを買いに来た、大学の社会学部の助手だった。お喋り好きのお姉さんが聞き出したところによれば、コミュニケーション論が専門で、中でもコウモリが出す超音波を計測分類してコミュニケーションの起源を研究しているらしかった。少しでも自分の研究分野に関心を示してくれたことが光栄でならない、という面持ちで、彼はお姉さんを相手に、長々とコウモリの超音波について説明していた。

もちろん私が彼を選んだのは、コウモリに興味を持ったからではなかった。黒いケースに入ったバイオリンを提げていたのが目につき、それとコウモリがどういう関係にあるのか、不思議に思ったからだった。

アーケードを出てすぐ助手は路面電車に乗り、終点の二つ手前で降りると、大通りから一本西側の筋に入って真っ直ぐに歩いた。一度も立ち止まらず、どこにも寄り道しなかった。レターセットを仕舞った書類鞄を右手に、バイオリンケースを左手に提げ、うつむき加減に、ゆったりとした一定のスピードを保ちつつ歩いた。おかげで見失うことも怪しまれることもなく、順調に尾行を続けられた。

私はひたすら目の前にある背中を見つめて歩いた。それは名前も知らない人の背中だった。しかし無数の背中が無言で私を追い越してゆく中、今はただ一つ、その助手の背中だけが私にとっての道しるべだった。どこへ向うための道しるべなのかは不明だけれど、とにかくそれを見失えば自分はここに置き去りにされてしまう、ということだけははっきりとしていた。

「もしかすると、お父さんなのかもしれない」

唐突にわき上がってきたこの思いに私は戸惑い、自分自身に向かって「えっ？」と問い直していた。父に比べ、助手の背中はずんぐりと丸みを帯び、首は太く、そのうえ着古してくたびれた焦げ茶色のブレザーは父の趣味からは程遠かった。にもかかわらず胸に浮かんだ父の気配は色濃く、たちまち私の中に満ちていった。

父が選ばなかったもう一つの人生を歩んでいるのが、この人だとしたら。父が歩んだかもしれない人生を、代わりにこの人が歩んでいるのだとしたら……。

書類鞄は目一杯膨らんで、見るからに重そうだった。バイオリンケースが人にぶつからないよう、彼は細心の注意を払っていた。うつむき加減の輪郭はどこか不安気な様子を隠しつつ、その不安を鎮めるのに十分な思慮深さを備えていた。

どんどん助手の背中は特別なものになっていった。回りの風景は暗がりに覆われ、助手と私ただ二人だけが一筋の光で結ばれていた。しかし、声を掛け合ったり、体に触れたり、目配せを交わしたりすることは決してないのだった。

しばらくのち、助手は真新しいビルに入り、エレベーターで三階へ向った。それを確かめてから私は階段で後を追った。そこはカルチャーセンターのようで、部屋がいくつか連なり、廊下のそこかしこには水彩画やクロスステッチ刺繡や木工作品などが展示されていた。彼が入った部屋はすぐに見つかった。『人づきあい講座・人間関係に振り回されないコミュニケーションの方法』と書かれた立て札が立っていたからだ。

部屋には三十人近い受講生が集まっていたが、椅子は四分の一ほどが余り、さほど盛況という雰囲気ではなかった。助手は冒頭、予定していた教授が急用で来られなくなり、ピンチヒッターで自分が講師を務めることになったいきさつを謝罪し、バイオリンを取り出して演台の上に置いてから本題に入った。

スタートしてすぐ、この講座が何もかもにおいてちぐはぐで、ピント外れであるのが分かった。とにかく彼はコウモリ、特に実験用に飼育しているデマレルーセットオオコウモリについての話しかしなかった。彼らの生息地域、身体的特徴、群れの成り立ち、飛行技術、交尾と出産、超音波を出す仕組み、その種類と用法、社会性の確立……。どこまで行ってもコウモリだった。途中、洞窟の天井にびっしりぶら下がっている彼らの写真と、骨格標本の写真が現われ、脳の解剖スライドが登場し、超音波をグラフ化した図が示された。受講生たちは気色の悪いコウモリのかたまりにぎょっとし、グロテスクな脳の切断面に顔をしかめ、訳の分からないグラフに欠伸をかみ殺した。

更に彼らを戸惑わせたのは、人間にも聞こえるよう超音波を音符に置き換えた（助手の研究グループが独自に開発した方法らしい）、そのメロディーを彼がバイオリンで弾いてみせたことだった。

「これが、危険を知らせるメロディーです」

助手はバイオリンを取り上げ、慣れた手つきで顎にセットし、歩いていた時と同じ思慮深く伏し目がちな表情を浮かべながら、一節奏でた。

「次は威嚇のメロディーです」

「服従のメロディーです」

「はい、求愛のメロディーです」

けれど受講生たちにとってそれは、とんちんかんな雑音に過ぎなかった。メロディーと言いながら一つ一つの音に滑らかなつながりはなく、始終意味不明だった。助手が真剣であればあるほど尚いっそう、弓が気紛れに弦にぶつかったとしか思えない不愉快さをもたらした。

受講生たちはただ、どうやったら上司との会話がスムーズに運ぶか、お姑《しゅうとめ》さんと仲良くやってゆくにはどうしたらいいのか、知りたいだけだった。どこかジャングルの奥地にあるらしい洞窟の暗闇で、コウモリたちがなぜ交尾の相手を見つけられるのかなど、どうでもいい問題なのだった。

教室はざわついた空気に包まれていた。ある受講生はイライラした様子でボールペンをカチカチいわせ、ある受講生は隣の人と内緒話に夢中になり、また別の数人は眠りこけてバイオリンが鳴っても目覚めなかった。

そんな雰囲気にもちろん気づいてはいただろうけれど、助手はふて腐れるでもなく、投げやりになるでもなく、あくまでも誠実に話し続けた。彼は何も悪くなかった。ただ組み合わせが悪いだけだった。

ぎくしゃくしたままに規定の時間が来た。

「……ということで、以上です」

そう言って助手は写真や図の類を演台の上でトントンと揃えながら、最後に付け加えた。

「何か、ご質問があれば……」

次の瞬間、私は元気よく、「はい」と手を上げていた。途端に受講生たちの間には、さっさと終わらせたいのに、面倒な人だ、という不機嫌なざわめきが起こったが、構わず私は立ち上がった。

「先生、最後に一曲、バイオリンを弾いて下さい」

なぜそんなことを言ったのか、自分でも説明できなかった。もし彼がコウモリの超音波しか演奏できなかったらどうしよう、などという心配はしなかった。気がついた時には既に、そう口走っていた。

「リクエストはございますか？」

彼は私の方に顔を向け、アーケードにいた娘だとは気づかないまま、小さく微笑んだ。

「『愛のあいさつ』をお願いします。エルガーの、『愛のあいさつ』を」

超音波の時と何も変わらず、彼はバイオリンを構え、一つ深呼吸したあと、静かに弓を動かした。

最初の一音が響きはじめるのと同時に、ゆったりとした風がわき立ち、瞬く間に教室中を包み込んだ。さっきまであたりを支配していたざわめきは遠のき、弦の震えの中に消えていった。半ば目を閉じ、肩でリズムを取り、助手は一心にバイオリンを弾いていた。皆が彼を見つめ、耳を澄ませていた。やがてクライマックスが来て、いっそう繊細な響きが部屋の隅々を満たした。いつしか皆の心に優しさが舞い戻り、コウモリの求愛の無事を祈るような気持になっていた。少しずつメロディーは終息に向け、着地点を目指して旋回をはじめ、それに合わせて風は温かみを増していった。

最後の一音が細く、しなやかに伸び、一人一人の胸に忍び込んでさざ波を起こした。人さらいの時計と同じさざ波だった。助手は弓を下ろし、続いてバイオリンを下ろし、それから深々とお辞儀をした。人々は拍手をした。愛のあいさつを交し合うかのような、いつまでも長く続く拍手だった。

どこへ帰るのか知らない助手の背中に、無言でさよならを言ったあと、私は一人、アーケードまで戻った。歩きながらずっと、助手について思いを巡らせた。人間が誰一人足を踏み入れたことのない、真っ暗でじめじめした洞窟に棲むデマレルーセットオオコウモリのことを、考え続ける人生。彼らが発する超音波の意味を知りたいと願い、それを知ってどうなるのかも分からないままに、来る日も来る日も彼らを観察し、グラフを作り、仮説を立て、実験を繰り返す人生。人間の分からないやり方で合図を交し合う小さな動物の賢さに、感銘を受ける人生。そして、上手にバイオリンが弾ける人生。

もしかしたらお父さんが生きるはずだったかもしれない人生は、こんなにも魅力的なのだ。そう思うだけで私は幸せだった。お父さんの不運を、こうして誰かが補ってくれている、アーケードの管理人としての人生がどれくらい素晴らしいものであったかを、こんなやり方で示してくれている。

「そうだ、きっとそうなんだ」

私は呟いた。

アーケードの入口が見えてくる頃、夜はすっかり更けていた。とうに〝輪っか屋〟は閉まっていた。通りの向こうを見上げると、街灯に照らされた人さらいの時計が、丁度一目盛、動くところだった。


軟膏屋に一人、お客さんの姿が見える。野菜売りのおじいさんだ。ごくたまに自転車の荷台に胡瓜《きゅうり》やグリンピースやカリフラワーなど季節の野菜を載せ、売りに来るのだ。種類はあまり多くないがどれも新鮮なので、店主たちは楽しみに待っている。

その日、籠の大部分を占めていたのはトマトだった。ところがなぜか、潰れたり割れ目が入ったりしたものが目立ち、いつもの元気の良さがない。途中で転んで、籠がひっくり返ってしまったらしい。

「少ししみますよ、おじいさん」

おじいさんはシャツを脱ぎ、ランニング一枚になって丸椅子に腰掛け、「すみませんねえ」と繰り返しながらしきりに恐縮している。軟膏屋さんは擦り傷ができた肘や肩や掌に、軟膏をすり込んでいる。その声の優しさも、一緒にすりこまれてゆく。

「あら、こんなところも」

軟膏屋さんはあばらのあたりに新たな擦り傷を見つけ、人差し指にまたたっぷりと軟膏をすくい取る。

「全くついてない一日ですよ。よりによってトマトを積んだ日に転ぶなんて」

「でも、骨が折れてなくて、幸いでした」

「これじゃあ売り物になりません。ジャガイモか南瓜《かぼちゃ》なら、被害はなかったんだが……」

「トマトソースにすればよろしいんです」

「お礼に、ご入用な分、いくらでも置いていきますよ」

「どうぞお気になさらず……。痣《あざ》のところには湿布を貼っておきましょうね」

「どうもすみません。すっかりご厄介かけてしまって」

おじいさんは背中を丸めてますます恐縮し、掌の軟膏がよく馴染むようにフーフーと息を吹きかける。軟膏屋さんは湿布を広げ、痣の広がる二の腕に、慎重に貼りつける。

「ああ、ひんやりして気持がいい」

思わずおじいさんは目を細める。

今日、私はこのおじいさんを尾行することに決める。おじいさんは何度もお礼を言い、湿布がはがれないようそろそろとシャツを着たあと、自転車を押してアーケードを後にする。体が痛むので、用心して自転車には乗らないつもりなのだろう。自転車はかなり古く、サドルは穴が開き、タイヤは一回転するごとにギコギコと音を立てる。それに合わせて荷台の籠も揺れる。

転んだことがショックだったのか、普段よりおじいさんの背中はしょんぼりして見える。足取りは弱々しく、ハンドルを握る手には力がない。通り過ぎる人々は皆、迷惑そうに自転車をよけるだけで、誰もその老人が傷を負っていることに気づかない。ただ一人私だけが、そのギコギコという音に耳を澄ませている。

おじいさんは大通りを抜け、川沿いの道を下り、橋を渡ってゆく。少しずつ人影が少なくなり、距離を測るのが難しくなるが、おじいさんは一向に私に気づく気配はない。前を向いて、一歩一歩進むだけだ。背中を丸めていても、がっしりした体つきは伝わってくる。指の節は太く、首は日に焼け、爪には土が詰まっている。長い間体を使って生きてきた人の証拠が、あちこちに残っている。潰れていようと裂けていようと、トマトは籠の中で誇らしく赤々と輝いている。

橋を渡りきったところにある、小さな噴水のほとりにおじいさんは自転車を止める。飛沫《しぶき》で濡れているのも構わず、噴水の縁に腰を下ろして一服する。半分裸になって遊ぶ子供たちの歓声が、あたりに響き渡っている。そんな子供たちをしばらく目で追いかけたあと、おじいさんは籠に手を伸ばし、潰れかけたトマトを一つつかんでかぶりつく。新鮮な皮が破れる音や、汁の滴る音が、私のところにまで届いてくるような気がする。実に詰まった日向のにおいがパッと弾け、おじいさんの横顔を包む。

もう一人のお父さんが、自分の体だけを頼りに大地からの恵みを得る人生を生きているのだとしたら、それは何と素晴らしいことであろうか。と、私はおじいさんに感謝したい気持で思う。ちょっとした失敗はあっても、それを補って余りあるものがちゃんと用意されている。優しい声の持ち主が、傷の手当をしてくれる。そうしてまた、何か起こったら手助けできるように、隠れて見守っている誰かがいる。

おじいさんは一個、トマトを食べ終わる。汁で濡れた手をズボンのお尻にこすりつけて拭く。ようやく元気が出てきたらしい。自転車にまたがり、ちょろちょろ走り回る子供たちに注意しながら、ペダルを漕ぎだす。自分の畑を目指し、自転車を走らせてゆく。

「さようなら」

私はつぶやく。

「さようなら、お父さん」

もう一度、そうつぶやく。

フォークダンス発表会

　真冬の午後、私はノブさんの店の前に立っている。ベベはアーケード中で一番暖かい店の、一番暖かいガスストーブの前に置かれた寝床で体を丸めている。数日前、心臓発作を起こしたベベは、ノブさんのところに寝床を置かせてもらうことになった。いつの間にベベはこんなに年老いてしまったのだろうと、私は不思議に思う。Rちゃんに百科事典を読んでもらっていた頃は、アッピア街道を誰よりも速く走り抜け、目を輝かせ、たとえ眠っている時でも何か楽しいことがあればすぐに駆けつけられるよう、耳をぴんと立てていた。それが今では、配達にも散歩にも出られないどころか、用を足しに中庭へ行くのさえ足がもつれている。店主たちが中庭に集まってわいわいやっている時、その中心にいて誰よりもはしゃいでいたのが、寝床に寝そべったまま動かず、「どうぞワタシ抜きで大いにやって下さい」とでもいうような目をして皆を見ている。耳の先はいつも、うつむくように垂れ下がっている。

ノブさんとベベはお似合いだ。レース屋さんと〝紙店シスター〟のお姉さんが二人で一続きの滑らかな輪郭を持っているように、あるいはRちゃんと私が読書休憩室に欠かせない一つの風景となっていたように、彼らは同じ一枚の静けさのベールに包まれている。幸いにも苦痛はなさそうに見える。背中は曲がり、白髪は薄くなり、耳は遠くなろうとも、毛はまだらに抜け落ち、黒目は濁り、脚はやせ細ろうとも、そういうもろもろを気に病む様子はない。自分の体から毛や聴力や筋肉がこぼれ落ちてゆくのに気づきもしないまま、ただじっとして、少しずつ小さくなってゆく。

丸椅子に腰掛けてうつらうつらしていたノブさんが、不意にくしゃみをする。自分で自分のくしゃみに驚いて、ノブさんはふっと顔を上げるが、すぐにまたまどろみの中へ戻ってゆく。くしゃみまでがとても小さい。蜂の羽ばたきほどのささやかな震えでしかない。ベベ以外誰もその震えに気がつかない。ベベは眠ったまままほとんど無意識のうちに前脚の先を宙に持ち上げ、ほんの少しずれたベールの端を手繰り寄せる。

寒さが空中の塵を透き通った結晶に変えてしまったのか、光は遮るもののない空から偽ステンドグラスへとたっぷり降り注ぎ、鮮やかな模様を敷石に描き出している。

光の溜まりを見ると、子供の頃からの癖で足を浸してみたくてたまらなくなる。模様を乱さないよう、そっと足を踏み出してみる。その時ようやく私は、自分が十六歳の誕生日に父からプレゼントしてもらった、取って置きの靴を履いているのに気づく。子供だましではない、ちゃんとした革でできた、甲のところにストラップがある臙脂色の靴だ。滅多な機会には履かないで大事に仕舞っておいたこの靴を、なぜ自分が今履いているのか、私は一生懸命に考えようとする。焦る必要はない、大丈夫だ、考える時間はたっぷりある、と自分に言い聞かせる。

いつにもまして色鮮やかな溜まりが、敷石のあちらこちらで揺らめいているのに、私の靴は臙脂のままだ。運動靴を色とりどりの宝石で飾ってくれた時はどんなふうだったろうと思い出しながら、足を傾けたり浮かせたり、目を細めたり凝らしたりしてみるけれど、光は私を素通りするばかりでわずかな色も残さない。

私は片方の靴を脱いで手に取ってみる。踵の角がほんの少し欠けている。

上を見上げると、偽ステンドグラスが冬の一日の晴天を祝福するかのごとくきらめいている。

「ああ、何て綺麗なんだろう」

心から素直に私はそうつぶやき、もう一度足元に視線を落とす。臙脂の靴はぽつんとそこにある。そこにだけ、祝福は届いていない。

べべ、と呼び掛けようとして、私は思いとどまる。彼が横たわっているのが、あまりにも無傷な眠りの世界なので、そこから彼を無理矢理引きずり出すことなどとてもできない、と思う。

「べべ、ノブさんと一緒に、ゆっくりおやすみ」

代わりに私はそう言う。

「もう邪魔しないから。安心して、ぐっすり……」


その日は日曜日で、やはり真冬のよく晴れた一日だった。夜明け前、中庭の木々の葉一枚一枚についた露も、敷石の窪みに溜まった水滴もすべてが氷の粒となり、風さえ凍りつき、ただしんとした冷気だけがあたりを満たしていた。朝、最初の光がアーケードに差し込んでくる頃、店主の何人かは既に起き出し、朝食の支度をしたり身繕いをしたり店を開ける準備に取り掛かったりしていた。義眼屋さんはまだベッドの中でぐずぐずしていたが、〝紙店シスター〟のお姉さんは弟と二人分のコーヒー豆を挽いていたし、輪っか屋さんは粉の調合をはじめていた。勲章屋さんは店のカーテンを開け、ノブさんは洗面台の前で髪を結い上げようとしているところだった。何もかもが普段と変わりなかった。それまで皆が数えきれないくらいに繰り返してきた平凡な一日のはじまりだった。

ただ、もしいつもとは違う何かが潜んでいたとすれば、一つは勲章屋の奥さんが盲腸で入院していたこと、もう一つは父と一緒に映画を観に行く約束をしたこと、この二つが微かな予兆と言えたのかもしれない。しかしもちろん、それらを大げさに捕えていた人は誰もいなかった。奥さんの盲腸は手術が成功し、次の日の月曜日には退院の予定だったし、父との映画はただもう私を有頂天にさせるばかりの約束で、邪魔が入る余地などどこにも見当たらなかった。

十六の冬休み、私はアーケードの配達係としてアルバイトをし、生まれて初めてささやかながら自分でお金を稼いだ。そのお金で映画のチケットを二枚買い、父にプレゼントしたのだ。

「えっ、こんな大事なお金、お父さんのためになんか使って、もったいないじゃないか」

〝紙店シスター〟のお姉さんに包装してもらい、リボンまでつけて大げさになったチケットを恭しく贈呈すると、父は恥ずかしがるだけでなく、うろたえてさえいた。

「お父さんになんか構わず、自分のために使えばよかったのに……」

早く感謝の言葉を述べるべきだと分かっていながら、それを口にすると逆に本当の気持が表せなくなるのではと心配するように、チケットを掌に載せたまま、いつまでももぞもぞと照れていた。

「まあ、そう大したものでもないしね。誰か好きな人と一緒に気晴らしに行ってきてよ」

父の照れがうつって私まで恥ずかしくなってきた。

「じゃあ、お前と行こう」

父は言った。

「今度の日曜の夜がいい。商店街の会議の日だが、夕方には終わる。映画館のロビーにある喫茶室で待ち合わせて、軽く腹ごしらえをしてから七時半の回を観よう。あそこの喫茶室のグラタンは絶品だぞ」

日曜日の七時半なら、ロマンチックな恋愛映画を上映しているよ。娘以外に誰かデートしてくれる人はいないの？　とこちらが尋ねる間もなく、父はどんどん一人で決めていった。

「うん、分かった。でも、グラタンはお父さんがおごってね」

「もちろんだ。任せなさい」
そして父は包装を解き、チケットをしみじみ眺め、一枚を私に手渡し、もう一枚を自分のジャケットの内ポケットに大事に仕舞ってから、ようやく小さな声で「ありがとう」と言った。小さな声で言わなければ、涙ぐみそうになるのを誤魔化すことができない、という様子に見えた。

当日の午後、父は商店街の集まりのため、路面電車の通り沿いにある会議所へ出掛けて行った。会議所から直接映画館へ行くよ、丁度通り道だし、時間もぴったりだから、と言ってチケットを入れたジャケットの左胸に掌を当て、コートを羽織った。それが行ってきますの代わりであり、さよならの合図になった。私はただ無邪気に手を振るばかりだった。

太陽が顔を見せ、足元に長い日差しが伸びてくるようになった頃、少しずつ風が出てきた。街路樹の枝々のこすれ合う音がアーケードの奥にも忍び込み、中庭で渦を巻き、落ち葉を躍らせた。時折、どこか遠くでゴーゴーという風のうねりが響いていた。アーケードのそこかしこにはまだ、夜明け前から溶けきれずにいる冷気の塊が残っていた。

勲章屋さんが老人会の集まりのために十八個のメダルを公民館へ配達してもらえないだろうか、と頼みに来たのは父が出掛けてから二時間ほど経った頃のことだった。一応配達のアルバイトは冬休みの間だけでもう区切りはついていたのだが、依頼主とメダル製造の工場と勲章屋さんの間で連絡の不都合があったらしく、急な事態に困っているようだったので、もちろん私は引き受けた。アルバイトの期間中、最も多くの仕事を依頼してくれたのが勲章屋さんで、メダルの配達なら慣れているという気持もあった。

「すまないね。大事なデートの前に」

「大丈夫です。時間は十分ありますから」

「家のがいれば店番ができるんだが、あいにくこういう時に限って役に立たないんだから。買取のお客さんがもうすぐ訪ねて来る約束になっていて、どうしても店を空けられないんだ」

「ええ、一向に構いません。でもデートなんかじゃありませんよ。父と映画を観るだけです。どうしてそんなことを勲章屋さんが知っているんですか？」

「皆知ってるよ。大家さん、アーケード中に自慢して回っていたからね」

私は勲章屋さんからメダルの入った箱を受け取り、地図で公民館の場所を確かめた。待ち合わせの時間までは余裕があったが、配達のあとアーケードまで戻らずに直接映画館まで行くことにし、唯一のよそ行き、紺色の毛織のワンピースに襟に人工毛皮のついたコートと臙脂の靴、という格好で出発した。映画のチケットは落とさないよう、コートのポケットの一番奥にしのばせた。

そのメダルは、老人会が主催するフォークダンス発表会の参加賞だった。路面電車に乗っている間も、歩いている間も、箱の中でメダルはずっとコトコト音を立てていた。配達する品物が発する小さな音を耳と両手で感じるのが私は好きだった。生まれて初めての労働で得た、一番の収穫だった。それは自分を必要としてくれる人の元へたどり着けるのが待ち遠しくてならないという、品物たちの喜びの声のように聞こえた。その声が自分の掌の中にあると思うだけで、誇らしい気持になれた。私は耳を澄ませつつ、時折コートのポケットに手を入れて、チケットがちゃんとそこにあるかどうか確かめるのも忘れなかった。

公民館ではまさにフォークダンスの真っ最中だった。おめかしをした老人たちがある時は輪になり、またある時は二列に向かい合い、レコードから流れてくる曲に合わせて集会室で踊っていた。壁は造花やモールや色紙で飾り付けられ、部屋の片隅にはクッキーとカップケーキと魔法瓶に入った紅茶が用意されていた。一枚レコードが終わると、世話係の人が紙コップに紅茶を注いで回り、一休みしたあとまた次の新しいレコードをかけた。女性陣はフリルのついたふんわりしたスカートに、花柄のブラウスを着ていた。髪をリボンで結わえたり、首にスカーフを巻いている人もいた。ターンするたびスカートの裾が可愛らしく翻った。数は少なかったが男性陣も蝶ネクタイを締め、ピカピカに磨き上げた靴を履き、髪をポマードで光らせて、精一杯のお洒落をしていた。

世話係の人に無事十八個のメダルを引き渡したあとも、なぜか去りがたく、しばらくフォークダンスを見学させてもらった。映画館の喫茶室で一人待つよりは、彼らの踊りを見ている方がのんびりできる気がした。曲はどれも素朴で平和だった。プレーヤーの調子がよくないのか、時折針がとんだりリズムが狂ったりしたが彼らは一向に気にする様子もなく、決められた振りを忠実に守り、彼らなりのリズム感でまた元の調子を取り戻した。

老人たちは皆、真剣だった。若い頃のようには動かない体ながらも、どうにか曲に込められた意味を再現しようと努め、同時にパートナーへの敬意を示そうとしていた。肩に手を回し、指先を握り、ステップを踏みながら左足の踵で床を突く。スカートの脇をつまみ、互いの肘を絡ませ、その場でクルクル回る。あるいは片方の手を腰に当て、もう片方の掌を合わせ、スキップをして前後に移動する。時に手が震え、足がもつれることもあったが、だからと言って振り付けが乱れ、見苦しくなるというわけではなかった。皆が助け合い、補い合いつつ音楽の中で一つながりになっていた。小さなしくじりはそのつながりの中で、絶妙なアクセントといった役割を果たしていた。

彼らの靴音が絶え間なく聞こえてきた。窓の向こうではいつしか日が暮れ、風の気配が少しずつ強まっているようだったが、暖房の効いた集会室は暖かかった。その暖かさの中で老人たちは踊っていた。何の心配もなく、不満もなく、今この曲に合わせて踊ってさえいれば世界は万全なのだと信じているかのように、ただひたすらにステップを踏んでいた。

ふと私は彼らが十八人ではなく、二十人いるのに気づいた。何度数え直してみても、やはり二十人だった。

「参加賞のメダルは、十八個のお約束でしたよね」

レコードプレーヤーのそばに立っている世話係の女性に私は確かめた。

「ええ」

「でも、ここには二十人いらっしゃるようですが」

「ああ……」

何だそんなことか、という口調で女性は続けた。

「今朝になって急に参加したおじいちゃんがいるの。腎臓が悪くて入院中なんだけど、先生に無理を言って外出許可をもらったみたい。ほら、あの小柄で猫背で、髪のない人。それで人数を偶数にするために世話係が一人加わったのよ」

「じゃあ、参加賞は十九個いるじゃないですか」

慌てて私は言った。

「まあね」

しかし世話係は全く意に介していないようだった。

「メダルが一個足りません」

「まあ、どうにかなるんじゃない?」

「どうにかって……」

「例えば、ご夫婦で参加しているカップルがいるから、その人たちは二人で一個にしてもらうとか」

「いけませんよ」

私はきっぱりと言った。

「参加賞は参加した人全員に贈るものです。病気を押してまで参加したおじいさんに、贈るメダルがないなんて、それはいけません。見て下さい。皆、あんなに一生懸命踊っているじゃありませんか」

配達係として私は、必要なものが必要な人のところに届かないのは我慢できなかった。腎臓病のおじいさんは病気のせいか一段と足元がおぼつかなく、顔色も悪かった。それでも音楽と皆の中に溶け込み、一続きの輪の立派な一部となっていた。箱の中でカタカタ鳴っていたメダルの喜びの声は、あのおじいさんにこそ必要なのだ、と私は思った。

「あと一個、どうにかして調達してきます。同じものはありませんが、似たメダルがあるはずですから」

「えっ、そう無理しなくてもいいのよ」

「無理じゃありません。当然の仕事です。ちょっと、電話を貸して下さい」

私は勲章屋へ電話を掛けた。ところがいくら鳴らしても店主は出なかった。翌日の奥さんの退院を控え、早めに店を閉めて病院へ行ったあとだったのだ。

自分がアーケードへ帰り、メダルを持ってここへ戻っていると、お父さんとの約束に遅れるだろう。咄嗟に私はそう考えたが、その時にはグラタンよりも映画よりも配達係としての義務の方が大事に思えた。

「閉会式に間に合うよう、大急ぎで戻ってきます。ですから待っていて下さいね。あのおじいさんをメダルなしで帰すようなことは、決してしないで下さいね」

世話係にそう念を押している間もずっと、音楽は鳴り続け、老人たちは踊り続けていた。私は集会室を飛び出し、すっかり日が沈んで街灯がともる道を、アーケードまで引き返した。一筋風が吹きぬけて、三つ編みに垂らした髪の毛を舞い上げた。


「大丈夫だ」と私は何度もつぶやく。お父さんの事務所に合鍵がある、それで開ければいいんだ、〝フォークダンス発表会・参加賞〟の印字はないけれど、月桂冠と勝利の女神が彫られたメダルのストックなら、たぶん納戸にあるはずだ、黙って持ち出しても勲章屋さんは怒らないだろう、だって勲章屋さんは表彰式を何より愛する人なんだから……。気持を落ち着けるために私は自分に語り続け、冷たい風が吹く中を走り続ける。履き慣れないよそ行きの靴のおかげで、踵にできた靴擦れが少しずつ痛くなってくる。

アーケードはあっけないほどに静かで、変わりがない。

「あれっ、お父さんとデートなんじゃないの？」

丁度店の前に出ていた義眼屋さんが声を掛けてくる。

「うん、今から行くところ」

私は大急ぎで答える。店主たちは各々、店じまいの支度をはじめている。商品を並べて、お客さんが来て、ありがとうございましたと頭を下げて、それで事もなく過ぎていったという一日に感謝しつつ、やり慣れた手順で店を閉めてゆく。

思ったとおり、勲章屋の納戸に同じサイズと色のメダルがあった。リボンの幅が少し狭いようだったが、そこまで気にしている暇はなく、それを映画のチケットとは反対のポケットに押し込めて、再び通りへ走り出る。運悪く路面電車は出発したところで、次の電車が来るまで十五分ほど間がある。待っているのがもどかしく、次の停留所まで走ることにする。隣の停留所の前が丁度映画館だから、喫茶室に寄って父に、先にグラタンを食べておくように言おう。七時半の上映時間までにはきっと間に合うから、心配しないでゆっくりグラタンを食べておいてね、と。

その時ようやく私は町の雰囲気が普段と違い、妙にざわめいているのに気づく。通りを行く人々は皆落ち着きがなく、どこか不安げで、しかも車が大渋滞している。そこかしこに人だかりができて、なかなか思い通りに走れない。いよいよ風は顔を上げられないほどに強くなり、星の瞬きはじめた空で渦を巻き、うなり声を上げている。

やがて風の音に紛れてサイレンが聞こえてくる。

「火事だ」

と、誰かが、誰に向かってというのでもなく叫ぶ。風を避けるようにコートの袖口で口元を覆いながら前方を見上げると、すぐそこの、手がとどきそうな空の中ほどに、オレンジと黒と黄の混じり合う火柱が立ち昇っている。ついさっきまでそこはただの夜空だったはずなのに、いつの間にこんなものが、と私は信じられない思いで立ち尽くす。それはひとときもじっとしていることができず、常にうごめきながら火の粉をまき散らし、風の渦に乗って見る見る大きくなってゆく。飛び散った火の粉たちは群青色の空の中できらめき、星と見分けがつかなくなっている。街灯より、車のライトより、それは美しく光っている。

「……映画館らしいよ」

人込みの中からまた誰かの声が聞こえてくる。サイレンは二重三重になって響き合い、道路はクラクションであふれている。

風上に逃げようとする人たちの波の中、私は映画館に向かって急ぐ。誰かの肩にぶつかり、舌打ちをされ、足を踏まれて靴の踵が欠ける。火のにおいが近づいてくる。自分にとって今一番大事なもの、映画のチケットとメダルが失われていないかどうか、私はもう一度確かめる。グラタンを前にしてじっと私を待っているお父さんの背中と、肘を組んでクルクル回る腎臓病のおじいさんの背中を交互に思い浮かべる。誰かが私を止めようとする。私はコートの両方のポケットを押さえ、待っている人がいるんですと叫ぶ。叫びながら映画館の中へ走り込んでゆく。

映画館の厨房で起こったガス爆発から出火し、風の向きに沿って延焼し続けた炎が鎮火したのは、明け方近くになってのことだった。公民館は無事だった。老人たちの姿はなく、カップケーキもレコードも片付けられていたが、集会室に差し込む朝日は明るく、その明るさがここで繰り広げられた平和な踊りの名残を留めているかのように見えた。映画館は熱で歪んだ骨組みだけを残して跡形もなくなっていた。看板、座席、スクリーン、映写機、何一つ残っておらず、最早《もはや》どこが喫茶室でどこが客席かも分からなかった。

私は一人、町を歩き回った。風景は一晩で変わってしまったのに、町はしんとして穏やかでさえあった。後始末をする人、現場検証をする人、カメラを構える人、ただ呆然とする人、人間の姿はあちこちにあったが、誰もが無口で、欠けた踵の靴を履いて歩いている女の子に目を向けることもなかった。三つ編みに束ねた髪の先が焼けたらしく、そこだけ嫌なにおいがした。だから皆、私の方を見ないのだろうか、と思った。

人さらいの時計が歩道に落ちていた。ガラスが割れているのに止まってはいなかった。その証拠に針が一目盛、ピクンと動いた。

「あっ、初めて針が動くのを見たわ」

と私は独り言をつぶやいた。

アーケードには誰の姿もなかった。私は家に帰り、三つ編みの髪をハサミで切り落とし、着せ替え人形が入っていた箱にしまった。

「ノブさん」

眠っていたと思ったのに、ノブさんとベベはすぐに目を開き、顔を上げる。

「あの部屋、入ってもいい？」

私は雄ライオンの頭が彫刻されたドアノブに目をやる。

「もちろんいいよ」

とノブさんは答える。

「ありがとう」

べべが立ち上がろうとするので、私は背中を撫で、「いいのよ」と押し留める。

「ライオンがついているから心配ないの」

べべは一度私を見上げ、「ああ、それなら安心です」という表情をして、再び寝床で丸くなる。

「配達係としてもう十分やったと思うから、そろそろお父さんのところへ行かなくちゃね」

聞こえているのかいないのか、ノブさんはどこか遠くに目をやり、微笑んでいる。

「あんまり待たせると可哀相だもの。せっかくのデートなのに」

私は雄ライオンのノブを回し、奥に隠れた暗闇にそろそろと体を沈めてゆく。

「あれっ」

ドーナツを揚げる手を止め、輪っか屋さんはふと、通りの向こうのビルに目をやる。

「いつの間に……」

輪っか屋さんの視線の先で、人さらいの時計が止まっている。それはもう二度と動かない。

「いらっしゃいませ」

アーケードの奥で誰か店主の声が聞こえてくる。

参考文献　『総合百科事典　ポプラディア』（ポプラ社）

解説
ステンドグラスを見上げる日

蜂飼耳

たとえば、古びたレースの切れ端、使用済みの絵葉書、徽章、一本のネジ、化石。ある人にとってはなにかの理由で大切なもの、けれど、他の人にとってはなんの価値もないかもしれない、ささやかなもの。そういうものを、空き箱や空き缶にそっとしまって、取っておいたことのない人はいるだろうか。

小川洋子の小説『最果てアーケード』を読んでいて、ふと思う。とうに捨てられてしまっていてもおかしくないものを、だれかが手に取り、眺め、いつくしむとき、そこに新たな物語が生まれる。そして、その瞬間から、物語の道が伸びていくのだ。

この小説は、人々が抱きかかえる思いにじっと添う。見過ごされたり、見捨てられたりしそうなことほど、じつは大事なのだと伝える。ページをめくるうちにいつしか、そのアーケードを以前から知っているような気持ちになってくる。自分もその町の住人だったという錯覚に近いものが湧いてくる。

「もしかするとアーケードというより、誰にも気づかれないまま、何かの拍子にできた世界の窪み、と表現した方がいいのかもしれない」。そんなふうに記されるこの場所で、人々の暮らしはひっそりと続く。はかなく、ささやかな品々を商う店が並ぶ商店街にもお客さんはやって来る。「それを必要としているのが、たとえたった一人だとしても、その一人がたどり着くまで品物たちは辛抱強く待ち続ける」。その瞬間のために、店主たちも品物たちも、待つ時間を紡《つむ》いでいる。

この本に収められている十編の小説は連作のかたちになっていて、それぞれ、繋がりをもっている。アーケードの大家さんとその娘である「私」、軒を並べる商店やお客さんたちの様子が描かれ、時間の経過が描かれ、出会いと別れ、死と思い出が切り取られる。希望とその挫折。嘘、うっすらとした狂気。たとえなにかを失っても、その後もずっと支えとなるような、かけがえのない思い出の数々。それらが「私」の目線で書かれていく。

「百科事典少女」とは、同じ学校に通うRちゃんのこと。アーケードの一番奥、中庭の西角にある読書休憩室で「私」はRちゃんとの時間を過ごす。読書休憩室は、「私」の父が考案したスペースだ。アーケードの店で買い物をした人は、レシートを見せれば好きなだけその空間を利用できる。そこには百冊ほどの本と魔法瓶に入ったホットレモネードが用意されている。Rちゃんと「私」は、読書休憩室で顔を合わせれば、本についてさまざまな話をする。Rちゃんは読書家だ。「私」が読む本のすべてを、すでに読破している。しかも細かい場面まで記憶していて、意見も手厳しい。

「どんなに親しく口をきくようになってからも、学校では知らん振りのままでいた。目配せさえ交わさなかった。そうしてお互い、読書休憩室での秘密を守るための約束を、暗黙のうちに了解し合った。学校で一度でもそのことを口にしたら、もう二度と読書休憩室には入れないのだ、と二人とも固く信じた」。少女たちの時間にだけ流れる、特別なひとときがここにある。

Rちゃんの愛読書は、全十巻から成る百科事典。「あ」から順番に読んでいく。ときおり、それは黙読から音読になる。「あ」の項目にある「アッピア街道」。古代ローマの幹線道路。Rちゃんの声にのって街道は遠くまで続いていく。「ああ、最後の、ん、はどんなふうになってるんだろう」。読了の瞬間を夢想するRちゃんは、言葉で切り取ることができない、遠いところを見つめる。そしてある日、この世からいなくなる。

「輪っか屋」は、ドーナツ屋さん。商品の種類は一つだけ。チョコレートやシナモンとは無縁の、濃いきつね色のシンプルなドーナツただ一つだ。四十年近く、同じ材料で同じドーナツばかり作り続けている。熟練した技による、一連の作業。「彼の手元の動きをなぞったら、一篇の詩が浮かび上がってくるのではないだろうか、と思ったりする」。お得意さんは、近所の総合スポーツセンターに通う少年少女たちだ。十年前、輪っか屋さんには婚約者がいた。器械体操教室のコーチをしている、元オリンピック代表選手だったという女性。「選手時代の栄光」をそのまま残すものは、彼女の「完璧なポニーテール」だ。

アーケードの店主たちは、彼女の邪魔にならないように、さり気なさをよそおう。けれど、まだ子どもの「私」にはそれが難しい。彼女が現れないかと、つい輪っか屋の前をうろうろしてしまう。彼女のほうはといえば、相手が子どもだからか、気さくに口をきく。たとえば「どんな格好だってできるのよ、ワタシ。つま先で耳たぶが触れるし、組んだ腕で縄跳びもできるの。何なら、ドーナツの格好、してあげましょうか」なんて。

ドーナツ屋さんの前でドーナツの格好？　なんだかおもしろい。輪っか屋さんはそんなときも、作業の手を止めることはなく、ほとんど喋らない。やがて、元オリンピック選手は詐欺で捕まる。それでも、輪っか屋さんのドーナツを揚げ続ける日常は続く。

寡黙なこの人の、怒りや失望は描かれてはいない。だからこそ、ドーナツを揚げる仕事だけが、行間に強く浮かび上がる。だれかに裏切られても、だれかを失っても、仕事や日常は続く。しなければならないこと、するべきことが目の前にあることで、人はきっと気持ちを助けられる。

十六歳の「私」は、配達係として、アーケードの店から別の場所へ品物を届けるアルバイトをする。義眼屋さんが眼を入れて仕上げたジャワマメジカの剝製《はくせい》を大学の遺体科学研究室へ届けた帰り、立ち寄る場所は「ノブさん」の店。そこはドアノブ専門店だ。

壁の板一面に、ドアノブが取り付けられていて、どれも実際に回してみることができる。店の取って置きのドアノブは、立派な雄ライオンの頭が彫刻されたものだ。その扉の奥には、やっと入れるくらいのわずかな空洞がある。「私」は、Rちゃんの死、父の死に直面したとき、その空洞にもぐりこんでひとときを過ごす。

部屋でも、納戸でもない、暗がり。そこは「世界の窪みのようなアーケードに隠された、もう一つの窪み」だ。入りこみ、じっとしていると「町を歩いて頼りなく薄まった自分の中身が、再びギュッと凝縮されてゆくようだった」。読んでいると、たとえば子どものころ、階段の下や家具の隙間、段ボール箱などにもぐりこんだときの感覚がよみがえってくる。

「私はいつまでもじっとしていた。そこはじっとするためだけの場所だからそれで十分だった。ああ、こんなにも自分にぴったりの居場所があるなら安心だ、という気持になれた」。だれにとっても、そういう場所は必要だろう。それを見つけることができるか、できないかは別として。失ったものを取り戻すことはできなくても、喪失という事態を受け止めることはきっとできる。

じっとして、さなぎのなかにいるような時間を過ごすとき、人は受け止めがたい出来事を受け止める用意ができるのではないか。そんな場所と時間を、そっと提供するノブさん。多くを語ることなく、だれから与えられたというわけでもないその役割を、黙って果たすノブさんは、この本のなかでもとりわけ静かで、独特の余韻を残す登場人物だ。

過去に舞台衣装ばかりを縫う仕事をしていた衣装係さん、古いレースを扱うレース屋さん、その姉でレターセットや万年筆やインクなどを商う「紙店シスター」の店主、勲章屋さんとその未亡人、遺髪専門のレース編み師。この小説に出てくる人たちはひっそりと、そして淡々と暮らし、どこかでだれかの支えとなっている。生きているあいだにできることは、そう多くはない。けれど、少ないわけでもない。そんなふうに思わせてくれる物語が集まって、この小説の世界ができている。

小さなアーケードの屋根には、ステンドグラスがはめこまれている。偽物だ。それでもきれいだ。「夕方、西日が差し込んでくる頃になると、天井の偽ステンドグラスをすり抜けた光が、敷石の上にさまざまな色合いの模様を映し出す。丸とも楕円ともひし形とも言えないぼんやりした輪郭が、そこここで重なり合い、光の溜まりを作る」。赤や紫や黄の光は、敷石に届くまでのあいだに、寄り添って、何色でもなくなっている。「私」はその光に、白い運動靴を浸して遊ぶ。それは子どものころの大切な思い出。

十六歳の誕生日に父からプレゼントされたものは、臙脂色の革の靴だ。色鮮やかな光の溜まりが敷石のあちらこちらで揺らめく。幼いころ、運動靴は色とりどりの宝石でどのように飾られたのだったか。溜まる光に、どんなふうに靴を浸したのか。思い出しながら、「私」は上を見上げる。するとそこに見えるものは、冬の一日の晴天を祝福するかのごときらめくステンドグラス。映画館からの出火が原因となった火事と父の死。昔と変わったことと、変わらないこと。

かけがえのない思い出と響き合う、ひっそりと美しいものを、だれでも記憶の奥に持っているだろう。その鮮やかさのなかで時間は流れていく。引き止めることはできない。けれど、たとえささやかなものであっても、確かにその時間を生きたのだという記憶が、心のなかに色とりどりの光の溜まりを作り出す。

この小説を読んでいると、いつのまにか自分のなかにもあるアーケードにたどり着く。小さな、静かなアーケード。中庭も、読書休憩室もきっとある。アーケードの天井には偽ステンドグラスがはめこまれている。赤や紫や黄のガラスが、今日の光を漉《こ》している。敷石に溜まる光に、靴を浸したくなる。

この作品は二〇一二年六月に小社より刊行されました。

|著者| 小川洋子　岡山市生まれ。早稲田大学文学部卒。1988年「揚羽蝶が壊れる時」で海燕新人文学賞を受賞。'91年「妊娠カレンダー」で芥川賞、2004年『博士の愛した数式』で読売文学賞、本屋大賞、同年『ブラフマンの埋葬』で泉鏡花賞、'06年『ミーナの行進』で谷崎潤一郎賞、'13年『ことり』で芸術選奨文部科学大臣賞を受賞。2020年、『密やかな結晶』の英語訳が日本人作品で初めてブッカー国際賞の候補になる。同年、『小箱』で野間文芸賞を受賞。著書に『猫を抱いて象と泳ぐ』『人質の朗読会』『琥珀のまたたき』『約束された移動』などがある。海外での評価も高い。

最果《さいは》てアーケード

小川洋子《おがわようこ》

2015年5月15日第1刷発行
2022年8月3日第11刷発行

講談社文庫
定価はカバーに
表示してあります

発行者——鈴木章一
発行所——株式会社　講談社
東京都文京区音羽2-12-21　〒112-8001
電話　出版　(03) 5395-3510
　　　販売　(03) 5395-5817
　　　業務　(03) 5395-3615

KODANSHA

Printed in Japan

デザイン—菊地信義
製版——株式会社精興社
印刷——株式会社KPSプロダクツ
製本——株式会社国宝社

ISBN978-4-06-293102-1

講談社文庫刊行の辞

二十一世紀の到来を目睫に望みながら、われわれはいま、人類史上かつて例を見ない巨大な転換期をむかえようとしている。

世界も、日本も、激動の予兆に対する期待とおののきを内に蔵して、未知の時代に歩み入ろうとしている。このときにあたり、創業の人野間清治の「ナショナル・エデュケイター」への志を現代に甦らせようと意図して、われわれはここに古今の文芸作品はいうまでもなく、ひろく人文・社会・自然の諸科学から東西の名著を網羅する、新しい綜合文庫の発刊を決意した。

激動の転換期はまた断絶の時代である。われわれは戦後二十五年間の出版文化のありかたへの深い反省をこめて、この断絶の時代にあえて人間的な持続を求めようとする。いたずらに浮薄な商業主義のあだ花を追い求めることなく、長期にわたって良書に生命をあたえようとつとめるところにしか、今後の出版文化の真の繁栄はあり得ないと信じるからである。

同時にわれわれはこの綜合文庫の刊行を通じて、人文・社会・自然の諸科学が、結局人間の学にほかならないことを立証しようと願っている。かつて知識とは、「汝自身を知る」ことにつきていた。現代社会の瑣末な情報の氾濫のなかから、力強い知識の源泉を掘り起し、技術文明のただなかに、生きた人間の姿を復活させること。それこそわれわれの切なる希求である。

われわれは権威に盲従せず、俗流に媚びることなく、渾然一体となって日本の「草の根」をかたちづくる若く新しい世代の人々に、心をこめてこの新しい綜合文庫をおくり届けたい。それは知識の泉であるとともに感受性のふるさとであり、もっとも有機的に組織され、社会に開かれた万人のための大学をめざしている。大方の支援と協力を衷心より切望してやまない。

一九七一年七月

野間省一

講談社文庫 目録

講談社文庫　目録

風野真知雄　隠密　味見方同心(四)〈恐怖の流しそうめん〉
風野真知雄　隠密　味見方同心(五)〈フグの毒鍋〉
風野真知雄　隠密　味見方同心(六)〈鵺《ぬえ》の闇鍋〉
風野真知雄　隠密　味見方同心(七)〈絵巻寿司〉
風野真知雄　隠密　味見方同心(八)〈ふふふの麩〉
風野真知雄　隠密　味見方同心(九)〈殿さま漬け〉
風野真知雄　潜入　味見方同心(一)〈恋のぬるぬる膳〉
風野真知雄　潜入　味見方同心(二)〈陰膳だらけの宴〉
風野真知雄　潜入　味見方同心(三)〈五右衛門の鍋〉
風野真知雄　潜入　味見方同心(四)〈謎の伊賀忍者料理〉
風野真知雄　昭　和　探　偵　1
風野真知雄　昭　和　探　偵　2
風野真知雄　昭　和　探　偵　3
風野真知雄　昭　和　探　偵　4
風野真知雄 岡本さとる ほか　五分後にホロリと江戸人情
カレー沢　薫　負ける技術
カレー沢　薫　もっと負ける技術〈カレー沢薫の日常と退廃〉
カレー沢　薫　非　リ　ア　王
神楽坂　淳　うちの旦那が甘ちゃんで
神楽坂　淳　うちの旦那が甘ちゃんで　2
神楽坂　淳　うちの旦那が甘ちゃんで　3
神楽坂　淳　うちの旦那が甘ちゃんで　4
神楽坂　淳　うちの旦那が甘ちゃんで　5
神楽坂　淳　うちの旦那が甘ちゃんで　6
神楽坂　淳　うちの旦那が甘ちゃんで　7
神楽坂　淳　うちの旦那が甘ちゃんで　8
神楽坂　淳　うちの旦那が甘ちゃんで　9
神楽坂　淳　うちの旦那が甘ちゃんで　10
神楽坂　淳　うちの旦那が甘ちゃんで〈鼠小僧次郎吉編〉
神楽坂　淳　うちの旦那が甘ちゃんで〈寿司屋台編〉
神楽坂　淳　帰蝶さまがヤバい　1
神楽坂　淳　帰蝶さまがヤバい　2
神楽坂　淳　ありんす国の料理人　1
神楽坂　淳　あ や か し 長 屋〈嫁は猫又〉
加藤元浩　捕まえたもん勝ち！〈七夕菊乃の捜査報告書〉
加藤元浩　量子人間《クオンタムマン》からの手紙〈捕まえたもん勝ち！〉
加藤元浩　奇科学島の記憶〈捕まえたもん勝ち！〉
梶永正史　銃　の　啼《な》　き　声〈潔癖刑事・田島慎吾〉
梶永正史　潔癖刑事　仮面の哄笑《こうしょう》
川内有緒　晴れたら空に骨まいて
神永　学　悪魔と呼ばれた男
神永　学　青　の　呪　い〈心霊探偵八雲〉
神津凛子　スイート・マイホーム
神津凛子　マ　　マ
加茂隆康　密告の件、Ｍへ
岸本英夫　死を見つめる心〈ガンとたたかった十年間〉
北方謙三　試 み の 地 平 線〈伝説復活編〉
北方謙三　抱　　影
菊地秀行　魔界医師メフィスト〈怪屋敷〉
桐野夏生　新装版　顔に降りかかる雨
桐野夏生　新装版　天使に見捨てられた夜
桐野夏生　新装版　ローズガーデン
桐野夏生　Ｏ　Ｕ　Ｔ　(上)(下)
桐野夏生　ダ　ー　ク　(上)(下)
桐野夏生　猿 の 見 る 夢
京極夏彦　文庫版　姑獲鳥《うぶめ》の夏
京極夏彦　文庫版　魍魎《もうりょう》の匣《はこ》

京極夏彦 文庫版 狂骨《きょうこつ》の夢《ゆめ》
京極夏彦 文庫版 鉄鼠《てっそ》の檻《おり》
京極夏彦 文庫版 絡新婦《じょろうぐも》の理《ことわり》
京極夏彦 文庫版 塗仏《ぬりぼとけ》の宴《うたげ》―宴の支度
京極夏彦 文庫版 塗仏の宴―宴の始末
京極夏彦 文庫版 百鬼夜行―陰
京極夏彦 文庫版 百器徒然袋―雨
京極夏彦 文庫版 百器徒然袋―風
京極夏彦 文庫版 今昔続百鬼―雲
京極夏彦 文庫版 陰摩羅鬼《おんもらき》の瑕《きず》
京極夏彦 文庫版 邪魅《じゃみ》の雫
京極夏彦 文庫版 今昔百鬼拾遺―月
京極夏彦 文庫版 死ねばいいのに
京極夏彦 文庫版 ルー=ガルー 〈忌避すべき狼〉
京極夏彦 文庫版 ルー=ガルー2 〈インクブス×スクブス 相容れぬ夢魔〉
京極夏彦 文庫版 地獄の楽しみ方
京極夏彦 分冊文庫版 姑獲鳥《うぶめ》の夏 (上)(下)
京極夏彦 分冊文庫版 魍魎《もうりょう》の匣《はこ》 (上)(中)(下)
京極夏彦 分冊文庫版 狂骨《きょうこつ》の夢《ゆめ》 (上)(中)(下)
京極夏彦 分冊文庫版 鉄鼠《てっそ》の檻《おり》 全四巻
京極夏彦 分冊文庫版 絡新婦《じょろうぐも》の理《ことわり》 全四巻
京極夏彦 分冊文庫版 塗仏《ぬりぼとけ》の宴《うたげ》 宴の支度《したく》 (上)(中)(下)
京極夏彦 分冊文庫版 塗仏《ぬりぼとけ》の宴《うたげ》 宴の始末《しまつ》 (上)(中)(下)
京極夏彦 分冊文庫版 陰摩羅鬼《おんもらき》の瑕《きず》 (上)(中)(下)
京極夏彦 分冊文庫版 邪魅《じゃみ》の雫 (上)(中)(下)
京極夏彦 分冊文庫版 ルー=ガルー 〈忌避すべき狼〉 (上)(下)
京極夏彦 分冊文庫版 ルー=ガルー2 〈インクブス×スクブス 相容れぬ夢魔〉 (上)(下)
北森鴻 親不孝通りラプソディー
北森鴻 花の下にて春死なむ 〈香菜里屋シリーズ1〈新装版〉〉
北森鴻 桜宵 〈香菜里屋シリーズ2〈新装版〉〉
北森鴻 螢坂 〈香菜里屋シリーズ3〈新装版〉〉
北森鴻 香菜里屋を知っていますか 〈香菜里屋シリーズ4〈新装版〉〉
北村薫 盤上の敵 〈新装版〉
木内一裕 藁の楯
木内一裕 水の中の犬
木内一裕 アウト&アウト
木内一裕 キッド
木内一裕 デッドボール
木内一裕 神様の贈り物
木内一裕 喧嘩猿
木内一裕 バードドッグ
木内一裕 不愉快犯
木内一裕 嘘ですけど、なにか?
木内一裕 ドッグレース
木内一裕 飛べないカラス
北山猛邦 『クロック城』殺人事件
北山猛邦 『アリス・ミラー城』殺人事件
北山猛邦 私たちが星座を盗んだ理由
北山猛邦 さかさま少女のためのピアノソナタ
北康利 白洲次郎 占領を背負った男 (上)(下)
貴志祐介 新世界より (上)(中)(下)
岸本佐知子 編訳 変愛《ヘンアイ》小説集
岸本佐知子 編 変愛小説集 日本作家編
木原浩勝 文庫版 現世怪談《うつしよかいだん》(一) 主人の帰り
木原浩勝 文庫版 現世怪談(二) 白刃の盾
木原浩勝 増補改訂版 もう一つの「バルス」 〈―宮崎駿と『天空の城ラピュタ』の時代―〉
喜国雅彦 国樹由香 メフィストの漫画

喜国雅彦/国樹由香 本格力〈本棚探偵のミステリ・ブックガイド〉
清武英利 石つぶて〈警視庁 二課刑事の残したもの〉
清武英利 しんがり〈山一證券 最後の12人〉
清武英利 トッカイ〈不良債権特別回収部〉
喜多喜久 ビギナーズ・ラボ
岸見一郎 哲学人生問答
黒岩重吾 新装版 古代史への旅
栗本薫 新装版 ぼくらの時代
黒柳徹子 窓ぎわのトットちゃん 新組版
倉知淳 新装版 星降り山荘の殺人
熊谷達也 浜の甚兵衛
倉阪鬼一郎 八丁堀の忍
倉阪鬼一郎 八丁堀の忍(二)〈大川端の死闘〉
倉阪鬼一郎 八丁堀の忍(三)〈遥かなる故郷〉
倉阪鬼一郎 八丁堀の忍(四)〈隻腕の抜け忍〉
倉阪鬼一郎 八丁堀の忍(五)〈討伐隊、動く〉
倉阪鬼一郎 八丁堀の忍(六)〈死闘、裏伊賀〉
黒木渚 壁の鹿
黒木渚 本性
黒木渚 檸檬の棘
久坂部羊 祝葬
黒澤いづみ 人間に向いてない
久賀理世 奇譚蒐集家 小泉八雲〈白衣の女〉
雲居るい 破《は》蕾《らい》
鯨井あめ 晴れ、時々くらげを呼ぶ
決戦!シリーズ 決戦!関ヶ原
決戦!シリーズ 決戦!大坂城
決戦!シリーズ 決戦!本能寺
決戦!シリーズ 決戦!川中島
決戦!シリーズ 決戦!桶狭間
決戦!シリーズ 決戦!関ヶ原2
決戦!シリーズ 決戦!新選組
決戦!シリーズ 決戦!賤ヶ岳
小峰元 アルキメデスは手を汚さない
今野敏 ST 警視庁科学特捜班 エピソード1〈新装版〉
今野敏 ST 警視庁科学特捜班 毒物殺人〈新装版〉
今野敏 ST 警視庁科学特捜班〈黒いモスクワ〉
今野敏 ST 警視庁科学特捜班〈青の調査ファイル〉
今野敏 ST 警視庁科学特捜班〈赤の調査ファイル〉
今野敏 ST 警視庁科学特捜班〈黄の調査ファイル〉
今野敏 ST 警視庁科学特捜班〈緑の調査ファイル〉
今野敏 ST 警視庁科学特捜班〈黒の調査ファイル〉
今野敏 ST 為朝伝説殺人ファイル〈警視庁科学特捜班〉
今野敏 ST 桃太郎伝説殺人ファイル〈警視庁科学特捜班〉
今野敏 ST 沖ノ島伝説殺人ファイル〈警視庁科学特捜班〉
今野敏 ST 化合 エピソード0〈警視庁科学特捜班〉
今野敏 ST プロフェッション〈警視庁科学特捜班〉
今野敏 特殊防諜班 諜報潜入
今野敏 特殊防諜班 聖域炎上
今野敏 特殊防諜班 最終特命
今野敏 茶室殺人伝説
今野敏 奏者水滸伝 白の暗殺教団
今野敏 同期
今野敏 欠落
今野敏 変幻
今野敏 警視庁FC
今野敏 カットバック 警視庁FCII

講談社文庫　目録

今野　敏　継続捜査ゼミ
今野　敏　エムエス〈継続捜査ゼミ2〉
今野　敏　蓬　莱〈新装版〉
今野　敏　イ　コ　ン〈新装版〉
後藤正治　拗《す》ね者たらん〈本田靖春 人と作品〉
幸田　文　崩　れ
幸田　文　季節のかたみ
幸田　文　台所のおと〈新装版〉
小池真理子　冬の伽藍
小池真理子　夏の吐息
小池真理子　千日のマリア
五味太郎　大人問題
鴻上尚史　あなたの魅力を演出するちょっとしたヒント
鴻上尚史　鴻上尚史の俳優入門
鴻上尚史　青空に飛ぶ
小泉武夫　納豆の快楽
近藤史人　藤田嗣治「異邦人」の生涯
小前　亮　趙《ちょう》匡《きょう》胤《いん》〈宋の太祖〉
小前　亮　始皇帝の永遠〈天下一統〉
小前　亮　劉《りゅう》裕《ゆう》〈豪剣の皇帝〉
香月日輪　妖怪アパートの幽雅な日常①
香月日輪　妖怪アパートの幽雅な日常②
香月日輪　妖怪アパートの幽雅な日常③
香月日輪　妖怪アパートの幽雅な日常④
香月日輪　妖怪アパートの幽雅な日常⑤
香月日輪　妖怪アパートの幽雅な日常⑥
香月日輪　妖怪アパートの幽雅な日常⑦
香月日輪　妖怪アパートの幽雅な日常⑧
香月日輪　妖怪アパートの幽雅な日常⑨
香月日輪　妖怪アパートの幽雅な日常⑩
香月日輪　妖怪アパートの幽雅な食卓〈るり子さんのお料理日記〉
香月日輪　妖怪アパートの幽雅な人々〈妖アパミニガイド〉
香月日輪　妖怪アパートの幽雅な日常〈ラスベガス外伝〉
香月日輪　大江戸妖怪かわら版①〈異界より落ち来る者あり〉
香月日輪　大江戸妖怪かわら版②〈異界より落ち来る者あり 其之二〉
香月日輪　大江戸妖怪かわら版③〈封印の娘〉
香月日輪　大江戸妖怪かわら版④〈天空の竜宮城〉
香月日輪　大江戸妖怪かわら版⑤〈雀、大浪花に行く〉
香月日輪　大江戸妖怪かわら版⑥〈魔狼、月に吠える〉
香月日輪　大江戸妖怪かわら版⑦〈大江戸散歩〉
香月日輪　地獄堂霊界通信①
香月日輪　地獄堂霊界通信②
香月日輪　地獄堂霊界通信③
香月日輪　地獄堂霊界通信④
香月日輪　地獄堂霊界通信⑤
香月日輪　地獄堂霊界通信⑥
香月日輪　地獄堂霊界通信⑦
香月日輪　地獄堂霊界通信⑧
香月日輪　ファンム・アレース①
香月日輪　ファンム・アレース②
香月日輪　ファンム・アレース③
香月日輪　ファンム・アレース④
香月日輪　ファンム・アレース⑤(上)(下)
近衛龍春　加藤清正〈豊臣家に捧げた生涯〉
木原《この》音《はら》瀬《なりせ》　箱の中
木原音瀬　美しいこと
木原音瀬　秘　密

講談社文庫　目録

2022年6月15日現在